VICTOR GIAVI

LES

Horizons Voilés

NOUVELLES POÉSIES

PARIS

A LA NOUVELLE LIBRAIRIE G. WEIL

9, RUE DU HAVRE, 9

1892

LES HORIZONS VOILÉS

VICTOR GIAVI

LES

Horizons Voilés

NOUVELLES POESIES

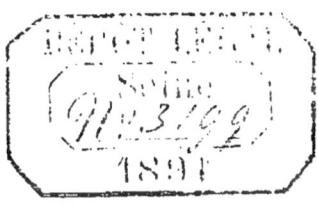

PARIS

A LA NOUVELLE LIBRAIRIE G. WEIL

9, RUE DU HAVRE, 9

1892

LES HORIZONS VOILÉS

PREFACE

HEUREUX l'humble ouvrier qui, travaillant sans trêve,
Ne peut même un instant livrer son âme au rêve !
Sa chanson retentit dès l'aube jusqu'au soir !
Tant que le sort le tient courbé sur son ouvrage,
Il échappe au souci qui ronge mon courage,
Et qui me tord le cœur aux bords d'un gouffre noir !

Quand le matin je vois se croiser dans la ville
Tant de gens affairés marchant d'un pas fébrile,

Et quand j'entends grandir les bruits de la cité ;
Je considère ému ces alertes abeilles
Dont l'effort combiné produit tant de merveilles ..
La plus grande est l'oubli de la réalité !

Vous qui dans le chantier, le comptoir ou l'étude,
Reprenez chaque jour l'œuvre absorbante ou rude,
Vous qui cherchez du pain, vous qui cherchez de l'or...
Bénissez, travailleurs, bénissez votre tâche !
Creusez votre sillon, poursuivez sans relâche...
Ce que vous y gagnez vaut bien plus qu'un trésor !

Tant que vous maniez soit l'outil, soit la plume,
Vous préservez vos cœurs du mal qui me consume,
Alors qu'épouvanté je lis dans nos destins !
Un espoir, des projets, vous font parfois sourire...
Moi, j'attache en pleurant un crêpe sur ma lyre,
Car je vois désormais que nos espoirs sont vains !

Le dimanche, ô garçons, dansez avec vos belles !
Mangez, buvez, riez sous les vertes tonnelles !
Joyeux, inconscients, ceignez vos fronts de fleurs !
Moi qui compte les traits dont le destin nous perce,
Moi qui savoure, hélas ! les poisons qu'il nous verse,
Je ne puis contenir mes plaintes et mes pleurs !

La vieillesse et la mort nous guettent à la porte...
Détournez vos regards! Le flot qui vous emporte
Peut refléter parfois des cieux bleus étoilés ;
Mais moi triste penseur, mais moi sombre poète,
Qui sens gronder le doute en mon âme inquiète,
J'interroge, anxieux, les horizons voilés !

Nanterre, Avril 1891

MISSION DU POÈTE

MISSION DU POÈTE

DEVANT le forgeron façonnant sur l'enclume
A grands coups répétés, le fer tout rouge encor,
Je songe à toi, poète, et je dis que ta plume
Semblable à ce marteau fait jaillir dans la brume,
Dans la nuit de l'esprit, des étincelles d'or !

Ce que tu forges, toi, c'est l'âme de la terre,
C'est ce grand instrument qu'on nomme humanité !
Tout en chantant tu fais la conscience austère.....
Ah ! frappe à coups rythmés sur le mal qui l'altère,
Et retrempe les cœurs dans l'eau de vérité !

L'horizon s'élargit, mais notre cœur se vide,
Et l'on perd en bonheur ce qu'on gagne en savoir.
Penseur, ton large front s'assombrit et se ride.....
Te penchant anxieux tu vois d'un œil humide
Monter, monter toujours le flot du désespoir !

Et la fièvre de l'or gagnant les plus honnêtes,
On se rue, on entasse et l'on veut éblouir ;
Mais toi, poète austère, au-dessus de leurs têtes
Tu vois s'amonceler d'effroyables tempêtes,
Quand eux, les insensés, ne pensent qu'à jouir.

Tu vois dans les bas-fonds s'agiter, foule sombre,
Des milliers d'affamés en haillons et pieds nus ;
Le flambeau de l'école a versé sur leur ombre
Les clartés pour connaître et leurs droits et leur nombre,
Et pour bien calculer, riches, vos revenus !

Tous ces déguenillés à l'œil cave, au front blême,
Disent déjà tout bas : « A bientôt notre tour !
Nous allons appliquer un tout autre système,
Le fer, le feu, le sang résoudront le problème,
Et nous saurons venger cent siècles en un jour ! »

Jadis le mendiant bénissait notre obole ;
L'ouvrier, résigné, vivait de quelques sous ;
La suprême espérance et la foi qui console
Endormaient leurs douleurs..... Mais aujourd'hui l'école
Leur dit qu'on est bien sot quand on tombe à genoux !

Ce siècle qui demain entrera dans l'Histoire,
Luira pour l'avenir d'un éclat sans pareil ;
Mais j'aperçois un crêpe enveloppant sa gloire...
C'est qu'il nous a privés du grand bonheur de croire
Que le ciel est un port et la tombe un réveil !

Prenons garde ! Parmi les idoles qu'on brise,
Il en est dont les mains soutiennent un flambeau ;
Au fond du Saint des Saints du temple ou de l'église,
Brille un rayon très pur qui confond l'analyse,
Et qui seul sait percer les parois du tombeau !

Le savant ne voit pas qu'en faisant table rase
De tout ce qu'on croyait, il augmente la nuit ;
Il ne s'aperçoit pas que sa trouvaille écrase,
Que notre paix, hélas ! est sapée en sa base,
Et qu'enfin l'arbre croît au détriment du fruit !

Semblable à l'ouvrier travaillant dans la mine,
Il fouille et lance au jour ce qu'il a découvert ;
En somme il est content et fier de sa doctrine.....
Mais l'astre, hélas ! n'est plus la prunelle divine,
Et l'infini d'azur n'est qu'un vaste désert !

Toi dont l'œil d'aigle observe et dont l'oreille écoute,
Tu sens ce qui se passe au fond du cœur humain...
Regardant défiler les siècles sur la route
Tu vois là-bas le ciel menaçant, noir de doute,
Et tu dis éperdu : Qu'en sera-t-il demain ?

Ah ! demain... Plus d'enfants à genoux sur leur couche
Tendant leurs petits bras vers un coin de ciel bleu !
Plus de mère au front pur pour exercer leur bouche
Aux doux mots du *Pater* ! Demain, le jour farouche ·
Qui fut décrit jadis par le prophète hébreu !

Sans Dieu demain sera l'ère de barbarie
Où la force tiendra sous son talon le droit !
L'on ne chérira plus ni mère ni patrie ;
La source de l'amour se trouvera tarie,
Car l'on ne peut aimer que tout autant qu'on croit !

Ne voit-on pas déjà des mères sans entrailles
Étrangler de leurs mains leurs plus jeunes enfants.
Et les jeter à l'eau pour toutes funérailles?
Les feuilles, annonçant ces sinistres trouvailles,
Constatent que leur nombre augmente avec les ans !

L'innocence périt et la grâce succombe;
Demain, l'on se dira : Qu'était-ce que l'honneur?
Demain, plus de pudeur, plus de blanche colombe :
` La main mignonne et fine apprêtera la bombe,
Et saura dépasser l'adresse du mineur !

Ce sera l'heure affreuse où dans le cœur de l'homme
Rien ne survivra plus que les bas appétits ;
Et les fils de Sion, d'Athènes et de Rome,
Seront tombés plus bas que les bêtes de somme,
Qui par instinct, au moins, protègent leurs petits !

Pour éviter ces jours d'égoïsme et de haine,
On semble trop compter sur la froide raison ;
Ne voit-on pas déjà qu'un courant nous entraîne ?
Nous dévions depuis que l'étoile sereine,
Que l'œil d'un Dieu d'amour, s'efface à l'horizon.

Ce siècle est positif. L'astre nouveau qui brille
Luit à la Grande Bourse et produit cinq pour cent !
Ce n'est que sous ses feux que plaît la jeune fille.....
Aussi, que devient-il le foyer de famille ?.....
Et l'avenir s'avance horrible et menaçant !

Telle est, poète ardent, la crainte qui t'obsède,
L'affreuse vision qui te fait tressaillir ;
Toi qui sondes le mal cherche aussi le remède,
Sois l'épaule d'Atlas, sois le bras d'Archimède,
Sois, dans l'épais brouillard, l'éclair qui doit jaillir !

Tandis que tant d'auteurs hâtent la catastrophe,
Prostituant leur plume à d'ignobles succès,
Toi, poète inspiré, toi tendre philosophe,
Comme un clairon vibrant fais retentir ta strophe,
Démasque les abus et flétris les excès !

Prends la voix de la mer, du tonnerre qui gronde,
Pour crier aux humains : « L'abîme est sous vos pas ! »
Rends à ces cœurs glacés, l'espoir, la foi profonde,
L'esprit de charité, ce rayon qui féconde,
Et qui nous rend vaillants, même au seuil du trépas !

Réponds au froid savant qui dissèque et qui fouille,
Que quelque chose en nous échappe à son scalpel :
C'est l'invincible élan qui veut qu'on s'agenouille,
Qui veut que tout cœur aime et que tout œil se mouille,
Et qui nous fait, pensifs, sonder l'azur du ciel !

RÊVERIE

RÊVERIE

A Monsieur Jules Simon
de l'Académie Française.

E vent hurle au dehors. Dans la chambre bien close,
Près de l'âtre qui flambe, alors que tout repose,
Me voici seul, rêveur, écoutant dans la nuit
L'adieu sonore et lent de l'heure qui s'enfuit.
Ma lampe s'est éteinte, et m'a laissé dans l'ombre...
La rallumer ? Pourquoi ? J'aime, sur le fond sombre,
Les reflets roux du feu dessinant un décor
D'où parfois se détache un titre en lettres d'or.
Car mes livres sont là ! Pauvres et chers volumes !
Mon esprit, malgré vous, tâtonne dans les brumes !

2

Vous résumez pourtant tout le savoir humain...
Mais le vrai nous échappe et le ciel est d'airain !
Bien des jours, bien des nuits, incliné sur vos pages,
J'ai sondé la nature, interrogé les âges ;
Mais la sonde s'y perd, et le génie ancien
Nous répond à son tour : « Hélas, je ne sais rien ! »
Oui, je vous aime bien, tout faibles que vous êtes
Pour dissiper la nue au-dessus de nos têtes !
Car vous nous conseillez la recherche et l'effort,
Et vous nous secouez quand notre esprit s'endort.
Ce qu'on retrouve en vous c'est l'âme condensée
Des générations, la fleur de leur pensée ;
L'élan vers l'Idéal ardemment poursuivi,
Désir tendu toujours mais jamais assouvi !
J'ai connu grâce à vous ces affamés de gloire,
Fiers conquérants, héros, vrais géants de l'Histoire,
Qui, dans le bloc humain taillant leur piédestal,
Ont cru pouvoir du sort braver l'arrêt fatal
Qui nous veut si petits dans le temps et l'espace...
L'impassible destin d'un souffle les efface !
Leur tombeau colossal par cent mains embelli
Ne peut les préserver de ce rongeur : l'oubli !
S'il nous reste les noms de Xerxès, d'Alexandre,
Les vents, de tous côtés, ont dispersé leur cendre !
Ceux qui posaient leur sceau sur les événements,

Sont rendus en poussière à tous les éléments.
La mort, ce grand creuset, cet alambic énorme
Où le présent sans cesse en futur se transforme,
Les reprend et les fond. Lis, étoile, aigle ou roi,
Rien ne peut se soustraire à l'implacable loi !
Le flot de la substance est jeté dans les moules
D'où sortent sans arrêt les cieux, les mers, les foules,
Et le parfum des fleurs et l'humaine raison,
Qui cherche obstinément par delà l'horizon !...
Raison, que cherches-tu ? L'Idéal est chimère,
Et la Réalité.... c'est l'immense misère !

L'Idéal, c'était Dieu planant sur le berceau,
Rayonnant comme un phare au delà du tombeau !
C'était l'Être incréé ne puisant qu'en lui-même
La force et la justice et la pitié suprême ;
Son souffle soutenait les arcs profonds des cieux,
Il vibrait dans les cœurs, quoiqu'invisible aux yeux !
Les penseurs le trouvaient au fond de leur logique ;
Il était le soleil de la sagesse antique.
L'Idéal ! Le savant l'appelait : Vérité,
Le poète : Harmonie, et l'humble : Charité !

Et pour les embarqués dans ce rude voyage,
Sur les flots écumants et sous un ciel d'orage,
C'était un aiguillon qui poussait à l'effort,
L'espoir réconfortant de retrouver un port !
C'était la loi d'amour, la règle sainte et l'arche
Que les peuples suivaient confiants dans leur marche.
Le monde alors semblait éclos sous un baiser
De l'Amour qui produit sans jamais s'épuiser !
La zone du savoir étant bien circonscrite,
Les esprits, sagement, restaient dans la limite ;
Et dans l'ombre, au delà, s'agitait... l'Inconnu,
D'où l'œil divin dardait son regard continu !
L'on s'endormait le soir d'un sommeil plus paisible,
Quand pour savoir le vrai l'on consultait la Bible.
Oui ; pendant deux mille ans, devant ce livre ouvert,
Le monde a plus aimé s'il n'a pas moins souffert !
L'on a certes appris, dans ce volume étrange,
La charité, vertu qui fait de l'homme un ange.
On croyait, d'une foi tranquille et sans détours,
Que l'Éternel a fait l'univers en six jours !
L'âpreté de la vie et le malheur de l'homme,
Résultaient du serpent et d'Ève et de la pomme....
Et l'on s'y résignait, n'éprouvant nul besoin
De tendre l'œil et l'âme et de chercher plus loin !
Qu'est-il donc survenu qui nous ronge et nous mine,

Et fait que l'espérance, à l'horizon, décline ?
C'est la soif de connaître et la faim de savoir,
C'est le réveil atroce au bord d'un gouffre noir !

Qui de nous croit encor, quand le tonnerre gronde,
Que la voix du Seigneur vient avertir le monde ?
Quand du sein de la nue un éclair jaillissait
C'était l'aile d'un ange ! Aujourd'hui chacun sait !
Et l'enfant de dix ans couramment nous explique
Tous ces divers effets de la force électrique !
La fillette nous dit, d'un ton, ma foi, très sûr,
Pourquoi la feuille est verte et le ciel est d'azur ;
D'où vient chimiquement l'éclat charmant des roses...
Devant tout phénomène on sait nommer ses causes !
Tout est soumis au chiffre, à la mesure, au poids,
Et nos cœurs sont broyés sous d'inflexibles lois !
Le progrès à beau faire : il reste un point bien sombre,
Et c'est l'essentiel qui demeure dans l'ombre.
Oui ; la nature observe un silence obstiné,
Quand l'esprit veut savoir... dans quel but l'homme est né !

LOIN DES CITÉS

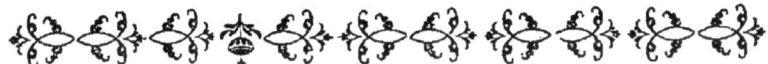

LOIN DES CITÉS

A ma bonne et chère Élève,
Mademoiselle MARG. MACHIELS.

ORSQUE loin des cités, couché sur la falaise,
Au bruit de l'Océan qui me berce et m'apaise,
Hommes, je pense à vous, combien vos appétits,
Vos haines, vos efforts, m'apparaissent petits !
Lorsque je suis des yeux un insecte sur l'herbe
Quelle pitié je sens pour votre front superbe !
Car je me dis qu'au sein de l'immense univers,
Les plus grands d'entre vous ont la valeur des vers !
Nos plus hauts monuments au dos de la planète
Sont moins que sur un orme un doux nid de fauvette !

Songez-vous quelquefois, vous qu'enivre l'orgueil,
Qu'à deux pas du berceau s'ouvre le noir cercueil ?
Le printemps de nos jours s'enfuit d'un vol rapide,
Et le front le plus frais se flétrit et se ride.
Oui, chaque heure est un pas vers le gouffre béant
Que la foi nomme *ciel*, et le doute *néant* !
Moi, contemplant la mer et le ciel qui s'y mire,
Et l'astre dans l'azur, je sens frémir ma lyre !
Cet espace infini, plein de mondes en feu,
Me dit bien ma misère et combien je suis peu !
Ces sphères dont j'ignore et la masse et le nombre,
Tous ces flambeaux lointains font plus dense mon ombre !
Et vers ces profondeurs obstinément tendu,
Mon cœur lance un appel qui n'est pas entendu.

Les mers, les continents, l'espace avec ses mondes,
Nos cerveaux et nos cœurs avec leurs soifs profondes,
Et le jour et la nuit et la vie et la mort,
Le sourire et les pleurs, et le faible et le fort,
Et le bien et le mal et l'amour et la haine,
Les fleurs et le zéphyr qui porte leur haleine,
Tout ce qui s'offre aux sens ou qui s'offre à l'esprit,
Doit composer un mot par Dieu lui-même écrit !

Mais comment lire ? Hélas ! Chaque lettre est immense,
L'œil n'en voit que le noir et... reste en l'ignorance !
Quand la foule âpre au gain s'agite en la cité
Rivalisant de ruse et de duplicité,
Je vais, sombre penseur que l'inconnu tourmente,
Le long des buissons verts où l'oiseau saute et chante ;
Ou bien sur la montagne où, sondant l'horizon,
Mon cœur voudrait pouvoir convaincre ma raison !
Je vais quand l'aube luit ou quand l'astre se couche,
Je vais l'angoisse à l'âme et la strophe à la bouche,
M'asseoir près du rivage où vient mourir le flot.....
Et là, je tente en vain d'épeler le Grand Mot !

Mars 1891.

UN CALVAIRE

CONTE EN VERS

Si mon cœur bat trop vite
J'offense sa grandeur et sa divinité.
(A. DE MUSSET)

UN CALVAIRE

I

Stabat mater dolorosa !

Tous les jours, traversant la place de l'église,
Je voyais sur un banc la pauvre vieille assise,
L'œil fixe et dirigé vers le saint bâtiment.
Ses lèvres s'agitaient d'un faible tremblement ;
Sur ses traits, décharnés comme un tas de reliques,
Courait l'amer frisson des désespoirs tragiques ;
Son corps, rigide et droit, semblait toujours tendu
Pour ressaisir un rêve à tout jamais perdu.
Sous les cendres du cœur de cette pauvre femme,
Brûlait le souvenir de quelque horrible drame ;

Et ce front aux cent plis, jauni, parcheminé,
Portait, pour l'œil profond qui l'eût examiné,
Comme un sillon fumant, la trace de la foudre.
Vingt fois je m'étais dit, sans jamais m'y résoudre :
Pourquoi n'irai-je pas franchement lui parler,
Provoquer son récit et puis la consoler ?
Mais n'osant point toucher à ce cœur trop malade,
Je m'en allais pensif, suivant ma promenade.
Et quand dans la forêt j'entendais les oiseaux,
Ou le chant de la source à travers les roseaux,
J'enviais soupirant leur belle inconscience :
Si l'homme est malheureux c'est bien parce qu'il pense !
Or, un jour je marchais avec le vieux docteur,
Voltairien décidé, très fin observateur,
Tout aussi doux au fond que rude à la surface.
Pendant qu'il me parlait de sa dernière chasse,
Je le vis tout à coup s'arrêter, et, très bas,
Saluer une femme assise à quelques pas.
Son visage railleur était devenu grave
Pendant qu'il s'inclinait devant la sombre épave
Du naufrage navrant que j'avais soupçonné ;
Ce grand trouble chez lui m'avait fort étonné ;
— « Vous la connaissez donc, docteur ? La malheureuse
A l'air d'une martyre ! » Et lui, d'une voix creuse,
Répondit brusquement : « Oui..., l'air et la chanson !

Si vous saviez, mon cher ! Ah ! le pauvre garçon !
Son fils, son seul espoir, sa vie et sa lumière,
Depuis deux ans il dort là-bas au cimetière !
Il était fort et beau, noble esprit, cœur ouvert...
Oh sort ! Qu'en as-tu fait ? L'engrais du gazon vert !
Avec votre bon Dieu tout se passe à merveille !
Voyez, il a meurtri le cœur de cette vieille !
L'homme dont je vous parle était notre curé ;
Je l'estimais, ce prêtre ; il est mort torturé
D'un amour dont brûla son âme honnête et tendre.
Ami, venez me voir si vous voulez entendre
Le récit que cet homme a tracé de sa main,
Et que seul je connais ! » — « Oui, docteur, à demain ! »

II

Puer crescebat et confortabatur
plenus sapientia.

On les eût dits marqués tous les deux pour l'épreuve !
Il n'avait que dix ans lorsqu'elle resta veuve.
Ils s'adoraient. L'enfant, en rentrant tous les soirs,
S'asseyait bien près d'elle à faire ses devoirs.
 Ils échangeaient des mots tout chargés de tendresses,
Et ce front de dix ans rayonnait de promesses.
Ses maîtres n'avaient point de meilleur écolier,
Et dans tous les concours son nom sonnait premier :
Il était fort aimé par tous ses camarades,
Parce qu'il triomphait sans défi ni bravades,

Et pour les obliger il se fût mis au feu.
La fortune étant mince on vivait avec peu ;
Et, pour mieux subvenir aux frais de la famille,
La mère avait recours à des travaux d'aiguille.
Elle était simple et bonne et d'un esprit moyen,
Mais, peut-être, un peu trop rigidement chrétien,
Car sa foi dans l'Église était stricte et complète.
Chez l'enfant s'annonçait une âme de poète :
Quand le dimanche ensemble ils s'en allaient sous bois,
Il marchait recueilli comme écoutant la voix
De ce que l'oiseau chante et le zéphyr murmure.
Et de tous les soupirs qu'exhale la nature.
Ce grand sphinx lui parlait dans le parfum des fleurs,
Dans la goutte irisée où nagent cent couleurs !
Ils portaient d'autres fois leurs pas vers la falaise ;
Au couchant l'horizon semblait une fournaise
Où le ciel et la mer allaient se fondre en or !
Les ailes de l'aiglon prenaient alors l'essor.
Il croyait distinguer la chanson de la muse
Dans l'Océan roulant sa complainte confuse.
Parfois, s'ils s'attardaient et rentraient lentement,
Ses yeux interrogeaient les yeux du firmament,
Essayant de percer le voile des années,
De déchiffrer au ciel le mot des destinées.
Savais-tu, pauvre enfant, quels horribles décrets

Réserve le destin à ces cœurs inquiets
Qui forment ici-bas le bataillon d'élite?
Ils sont les préférés de la griffe maudite!
Semblable à l'épervier le malheur fond sur eux,
Et les plus éprouvés sont les plus généreux!

III

Sanctus Domino !

Un soir l'enfant rentra tout grelottant de fièvre ;
Un rauque sifflement s'échappait de sa lèvre.
Elle alors, affolée autour du triste lit,
Sans trêve et sans sommeil veilla sur le petit.
Le mal, en quelques jours, étendit son ravage,
Et sur son front penchée, elle perdait courage
A voir ces yeux éteints et la pâleur des traits.
Ah ! quels mots, quelle plume ont su peindre jamais
La morne anxiété, les désespoirs extrêmes,
De la mère écoutant les râlements suprêmes

D'une voix que, peut-être, elle n'entendra plus !
Les yeux troubles de pleurs elle implorait Jésus,
Elle faisait brûler à l'église un gros cierge
Sollicitant aussi la pitié de la Vierge.
Quand sonna l'implacable arrêt du médecin,
Se jetant sur son fils et l'étreignant au sein
Dans un rugissement superbe de lionne,
Elle dit : — « Tous les deux! et que Dieu me pardonne !
Si tu meurs, je mourrai; oui, c'est dans un cercueil
Que, pour t'accompagner, je franchirai ce seuil! »
Sinistre nuit d'hiver ! Dehors hurlait la bise,
Qui semble compatir à tout cœur qui se brise.
On entendait au loin le grondement des flots ;
Dans la chambre, un silence où tremblaient des sanglots ;
Des soupirs exhalant l'amertume infinie
D'une mère qui voit son fils à l'agonie !
Ah! comment l'arracher à l'effroyable sort !
C'était donc vrai? Demain son enfant serait mort !
On le mettrait sous terre, à la pluie, à la neige!
L'amour, qui vient de Dieu, n'est donc vraiment qu'un piège!
L'infortunée alors, sentant sombrer sa foi,
Eut peur et murmura : « Seigneur, pitié de moi !
Dieu qui fûtes toujours l'attente de mon âme,
Sauveur qui vins à nous par le sein de la femme,
Comment, comment pourrais-je apaiser ton courroux ! »

Puis allant vers l'image et tombant à genoux :
— « Ta puissance, ô Seigneur, ne connaît point d'obstacle...
Rends-moi, rends-moi mon fils, fais pour moi ce miracle,
Comme tu fis jadis ceux qu'on a célébrés !
Qu'il vive, et tous ses jours te seront consacrés ! » —
Elle embrassait pleurant le crucifix d'ivoire...
Quand elle entend soudain : « Maman, je voudrais boire ! »
Immobile et stupide et les yeux dilatés,
Comprimant de son cœur les bonds précipités,
La pauvrette se croit le jouet d'un beau rêve :
Était-ce encor le vent qui soufflait sur la grève,
Un soupir de la mer, un cri de l'ouragan ?
Mais l'enfant de nouveau : « J'ai soif, bien soif, maman ! »
Alors elle s'élance et, riant, pleurant, ivre
D'entendre cette voix, de voir presque revivre
Son petit bien-aimé qu'elle avait cru perdu,
Elle accourt là d'où vient l'appel inattendu...

.   .   .   .

Deux mois plus tard l'enfant entrait au séminaire,
Pour accomplir le vœu prononcé par sa mère.

IV

Stupebant omnes super
prudentia ejus.

A vingt ans, tout épris de saint Thomas d'Aquin
Et de ce noble esprit qui fut saint Augustin,
Il concentra sur eux l'ardeur de sa jeunesse ;
Puis le doute survint, et son âme en détresse
Connut les noirs tourments, la glaciale nuit,
L'idéal qui s'éclipse et l'espoir qui s'enfuit.
En sondant éperdu l'abîme de la vie,
Il trouvait que les morts sont seuls dignes d'envie.
Il vit clair dans l'angoisse intime de Pascal.
Tout bas il murmurait : « Seigneur, pourquoi le mal ?
Dans quel but fîtes-vous et les cieux et la terre,
Et, puisqu'on vous dit bon, d'où vient notre misère ?

Quand notre esprit à soif, Dieu lui dit : Bois tes pleurs !
Et le voue à la ronce en lui montrant des fleurs !
Le sort enfermant l'homme en un cercle de crime,
Sois bourreau, lui dit-il, ou tu seras victime !
Et pourtant on nous crie : A genoux et croyez !
Baisez votre fléau, cœurs saignants et broyés !
Que vient-on faire ici ? Ces flots de chair qui souffre
Et que le temps sans cesse entraîne vers le gouffre,
Servent-ils d'aliment au prince des enfers,
A quelque noir gosier béant sous l'Univers ? — »
Pendant les tristes ans que dura cette crise,
Il fut tenté cent fois d'abandonner l'Eglise
Pour acquérir le droit de crier franchement :
« Tout prêtre prêchant Dieu, s'abuse ou bien il ment ! ».
Il dompta, cependant, son âme ardente et fière,
Songeant à la douleur qu'éprouverait sa mère.
D'ailleurs sa conscience, en de brusques retours,
Retrouvait par moments la foi des premiers jours.
Ce n'était plus, hélas ! la foi naïve et fraîche,
Rempart solide et sûr défiant toute brèche !
Haletant, épuisé par d'intimes combats,
Il tombait à genoux, humble et tendant les bras
Vers le ciel infini, criant : « Miséricorde,
Pour un cœur torturé dont la douleur déborde ! »
Il pleurait et priait comme s'il eût voulu

Immoler sa raison aux pieds de l'Absolu !
Il avait ainsi vu le meilleur de son âge
S'écouler tristement ; et si parfois l'image
D'une suave enfant avait ému son cœur,
Il était cependant toujours sorti vainqueur
Des luttes que souvent la passion nous livre
Quand de notre printemps la sève nous énivre.
D'un dessin ferme et pur, son visage était beau
Sous des cheveux plus noirs que l'aile d'un corbeau ;
Et ses grands yeux brûlaient d'une si douce flamme,
Qu'ils avaient fait rêver plus d'un beau front de femme.
Mais lui, sans se laisser jamais prendre en défaut,
Poursuivait son chemin et regardait plus haut !
La charité, c'était sa vertu souveraine :
Son amour embrassait toute la race humaine.
Sa main était tendue aux humbles, aux petits ;
Lui qui savait si bien dompter ses appétits,
Laissait voir pour autrui des trésors d'indulgence,
Accusant le sort seul de toute défaillance.
Certes, contre le mal il conseillait l'effort,
Mais il savait combien le destin est plus fort !
Raisonnant, son esprit volait vers la synthèse,
Et réputait mesquin l'argument d'exégèse.
Il parcourait l'histoire avec un fin regard,
Et tout chez lui prouvait un sens exquis de l'art.

C'était un fort penseur. — Or, comment un tel homme,
Qui n'avait point d'égal pour expliquer la *Somme*,
A qui tous enviaient la profondeur d'esprit,
L'éloquence et le goût, comment cet érudit
Digne d'atteindre un jour la haute prélature,
Ne s'était vu donner qu'une modeste cure ?
C'est que ses chefs mitrés n'aimaient point ce rêveur
Qui semblait, droit et fier, dédaigner leur faveur.
Très franc dans son parler, méprisant toute brigue,
Contre lui se dressaient et l'envie et l'intrigue.
Il accepta son lot sans haine et sans regrets,
Tant son âme était haute et ses désirs discrets.
Dès lors, il n'eut qu'un but : le bien de sa paroisse !
Aimé des malheureux dont il calmait l'angoisse,
Tous respectaient en lui l'honneur et le devoir,
Ne cessant de vanter son tact et son savoir.
Rien de plus frais à voir que le blanc presbytère
Encadré de rosiers, de jasmins et de lierre !
Dans ce réduit charmant sur de vertes hauteurs,
Ses pauvres et sa mère et ses plus chers auteurs
L'aidaient à refouler cette révolte sourde
Contre l'occulte loi, si brutale et si lourde,
Qui tranche au fond des cœurs les espoirs les plus doux,
Qui nous fait naître et vivre et mourir malgré nous !

V

Accedit tentator !

Un jour, — c'était en juin, à cette heure où les roses,
Comme ivres de soleil, alanguissent leurs poses ; —
Notre abbé gravissait l'étroit et vert sentier,
Regardant le vallon ou lisant son psautier.
Il rentrait à la cure, apres une journée
Tout adonnée aux soins de sa longue tournée.
Parfois il s'arrêtait songeant aux malheureux
Qu'il venait de quitter, voulant trouver pour eux
Quelque appui plus solide ou quelque meilleur baume ;
Puis poursuivant la marche il reprenait son psaume.
Près de lui, sur sa tête et le long des buissons,

Les nids retentissaient de joyeuses chansons.
Les rayons tamisés émaillaient d'or la mousse,
Et déjà le couchant, prenant sa teinte rousse,
Donnait à la forêt des aspects enchanteurs.
Les mélèzes, les pins, exhalaient leurs senteurs,
Et des milliers de fleurs confondaient leur haleine.
L'air était imprégné d'une paix souveraine,
Et le prêtre, alangui par cette fin du jour
Où tout semblait chanter l'hymne saint de l'amour,
Sentait son cœur se fondre en de vagues tendresses,
Et, malgré lui, songeait à ces chastes caresses
Qui font, les confondant, de deux êtres un seul.
Pour lui, point de baisers que ceux froids du linceul !
Etait-il sage, enfin, ce décret du Concile
Qui veut, pour servir Dieu, que l'homme se mutile ?
A cette heure il avait près de trente-neuf ans,
Et déjà sur son front brillaient quelques fils blancs.
Qu'avait été sa vie? A quoi bon tant d'étude
S'il devait jusqu'au bout subir la solitude !
L'amour ! N'est-il donc point l'appel de l'infini,
L'échelle de Jacob, l'aile à l'essor béni?
L'amour? N'est-il donc pas le fond de chaque rêve,
Le grand secret de Dieu, le but de toute sève,
Le suprême des biens, l'universel désir ?
Il reprit son chemin en poussant un soupir.

Puis, levant sa pensée au sommet du Calvaire,
Il vit ce Fils mourir sous les yeux de sa mère....
Alors il murmura, soudainement dompté :
« Qu'il en soit fait, Seigneur, selon ta volonté ! »
Il marchait, regardant, à travers le feuillage,
La croix qui surmontait l'église du village.
Dès qu'il fut sur la place, il aperçut là-bas,
Sur le seuil de la porte, agitant ses deux bras
Comme un signe d'appel, Yvonne la servante.
Tout au fond du jardin, assises sous la tente,
Deux dames et sa mère attendaient son retour.
« — Oui, monsieur le curé, nous sommes là ; bonjour !
Je vous avais parlé bien souvent de ma fille ;
La voici revenue auprès de sa famille.
Elle sort du couvent fatiguée à l'excès,
Des examens subis, d'ailleurs, avec succès.
Venez souvent nous voir et causer avec elle...
Quel maître plus savant et quel meilleur modèle ?
Elle veut maintenant apprendre le latin...
Voyons, Monsieur l'abbé, dinez chez nous demain ! »
— Pour répondre, l'abbé cherchait en vain sa phrase,
Tant il était ravi, subjugué, dans l'extase,
Sous le regard profond, humide et lumineux,
De ces deux grands yeux bruns qui faisaient autour d'eux
Comme un ruissellement de larges flots d'aurore !

C'était l'éclat naïf d'un charme qui s'ignore ;
Elle avait dix-huit ans ; son visage très pur
Ressortait finement sur le beau ciel d'azur.
Les rayons empourprés mettaient une auréole
Sur l'adorable front au teint mat de créole.
Du fond de sa prunelle, en effluves subtils,
Son âme jaillissait à travers les longs cils !
Sa voix donnait le sens de l'exquise harmonie
Qui doit régner aux cieux ; une grâce infinie
Flottait sur ce corps svelte aux souples mouvements...
Se maîtrisant enfin, il fit ses compliments
Et promit qu'il irait le lendemain sans doute.
Lorsqu'un moment après l'on se remit en route,
Il les accompagna jusqu'au bout du chemin.
Et son cœur battit fort en lui serrant la main.
Il s'en revint pensif. — Le lendemain, dimanche,
Elle avait l'air d'un lis dans sa toilette blanche.
A l'église où sa place était au premier rang,
Tous les yeux se portaient du côté de son banc.
« Voyez, c'est la comtesse, avec sa demoiselle
Qui sort de pension et qui paraît fort belle ;
Par son nom, par sa dot, par son beau teint fleuri
Elle aura bientôt fait de trouver un mari ! »
La douce enfant priait. Sur son front de Madone
Les reflets des vitraux mettaient une couronne

D'émeraude et d'opale et d'or et de rubis,
Et nul n'eût pu la voir sans croire au paradis.
Ce jour-là, le curé qui célébrait la messe
Fut distrait et sa voix montra quelque faiblesse.
Mais, en revanche, il eût, prononçant le sermon,
Des accents vigoureux pour flétrir le démon
Qui, tapi dans nos cœurs, les pousse au précipice,
Et pour glorifier l'esprit de sacrifice.
Son langage éloquent, jusque-là contenu,
Acquit soudainement un éclat inconnu.
Lorsqu'il parla du faix dont le Seigneur nous charge,
Il eut un cri navrant. D'un geste grave et large
Il indiqua le Christ et la croix qu'il porta
Quand, sanglant, il gravit le sombre Golgotha !
Sa parole était pleine, ardente, originale,
Digne du grand public de quelque cathédrale !
Il était beau, ce prêtre, il était vraiment grand,
Il incarnait en lui le genre humain souffrant
Sous l'étreinte du sort ; du sort qui nous entraîne
Comme en un tourbillon de colère et de haine,
Que nous soyons debout, ou bien agenouillés...

. . . .

Quand il quitta la chaire, on vit ses yeux mouillés !

Il reçut au château l'accueil le plus aimable.

Dans les divers propos qu'on échangeait à table
La belle enfant montrait un esprit haut et sûr,
Un jugement bien droit, un cœur aimant et pur.
Pendant les jours suivants, il put mieux reconnaître
Que l'élève en tous points était digne du maître :
Sondant ce caractère, il fut émerveillé :
Un vrai coin de ciel bleu, saphir ensoleillé !
Bientôt il découvrit avec un trouble étrange,
Entre son âme ardente et l'âme de cet ange,
Des liens surprenants et tant d'affinités
Que souvent l'un dans l'autre ils semblaient réflétés.
Par les sentiers du parc, sous la fraîche verdure,
Ils s'en allaient tout deux causant littérature,
Ou bien, fouillant l'histoire, ils jugeaient les anciens.
Ils se sentaient charmés par ces longs entretiens
Qu'ils trouvaient toujours courts. Souvent près de la grille,
Il s'attardait encore avec la jeune fille
Pour le moindre sujet : la fleur, le papillon,
Le laboureur chantant courbé sur le sillon.
Il lui parlait de Dieu saintement, mais en homme
Qui croit suivant son cœur sans grand souci de Rome.
Dieu ! tout amour naissant chante pour le bénir,
Car l'amant dit : *Toujours!* et Dieu.., c'est l'avenir !...

VI

Caro infirma !

C'était fête au château, mais fête tout intime.
L'abbé, fort entouré, put juger de l'estime
Qu'avaient les gens d'esprit pour son savoir profond
Et pour son caractère. Il put, sur un beau front,
Lire un rayonnement de sympathie intense :
Rien de plus expressif, parfois, que le silence !
Lorsqu'en causant le prêtre émettait son avis,
Il sentait deux grands yeux, splendides et ravis,
Pénétrer doucement jusqu'au fond de son âme,
L'approuvant, l'admirant, l'échauffant de leur flamme.
Quand il parlait d'honneur, de pitié, d'idéal,
Sa voix faisait vibrer un beau sein virginal.

Vers la fin du dîner, lorsque la causerie
Se ranime et pétille, on parla de patrie ;
On revint sur la guerre et sur ses chocs sanglants,
Et chacun, maudissant la Prusse et ses uhlans,
Souhaitait pour bientôt le jour de la revanche.
La haine, en ces propos, roulait en avalanche ;
On semblait piétiner sur l'ennemi tombé !
Or, comme il s'abstenait : « Et vous, monsieur l'abbé !
Sous votre habit de prêtre on vous connaît fort brave !
Voyons, qu'en pensez-vous ? » — Alors d'une voix grave :
« Mon sentiment, messieurs, je vous en fais l'aveu,
S'écarte bien du vôtre ! Hommes, enfants de Dieu,
Notre patrie à tous, avant tout, c'est la terre ;
Et l'homme, quel qu'il soit, est partout notre frère.
Vous vous attendrissez sur nos vaillants soldats
Qui tombent par milliers dans d'horribles combats ;
Songez-vous que là-bas, par delà les frontières,
Dans les foyers déserts, les épouses, les mères,
Pleurent aussi leurs morts ? Un uhlan d'outre-Rhin
Est-il moins regretté que notre fantassin ?
Pour répondre à l'appel, il quitte sa demeure
Embrassant sur le seuil quelque vieille qui pleure,
Ou quelque pauvre fille au regard chaste et doux,
Qui l'aime, et qui l'attend pour qu'il soit son époux !
Certes, je le chéris mon beau pays de France

A qui le genre humain a dû sa délivrance !
Mais, par décret du sort, j'aurais également
Pu naître Anglais ou Turc, Russe ou bien Allemand !
Ecrira-t-on toujours, entre les deux domaines :
« Ici finit l'amour, là commencent les haines ? »
Visons plus haut, messieurs ! Ce siècle de raison,
Qui voit tant de clartés luire à son horizon,
Porte au cœur une plaie, au front une souillure,
Dont devra s'étonner l'humanité future :
C'est le carnage énorme, officiel, signé
Par des gens en habit, au langage soigné !
Vous avez beau, messieurs, crier : à l'utopie !
Oui, la haine est absurde et la guerre est impie !
Et devant ces canons, ces forts, ces cuirassés,
La raison se révolte et le cœur dit : Assez !
C'est par l'ambition d'un prince ou d'un ministre
Que souvent le clairon lance un appel sinistre,
Que de milliers d'obus se croisent dans les airs,
Sifflent un chant de mort et vont broyer les chairs !
Il est d'autres moyens de servir la patrie
Que d'élever nos fils pour l'âpre boucherie !
Consacrons tous nos soins au mieux de la cité,
Et fondons nos rapports sur la fraternité ! »
— Sauf quelques jeunes gens invités à la fête,
Qui, durant ce discours, avaient hoché la tête

Montrant bien qu'ils gardaient leur esprit querelleur,

L'abbé fut applaudi par tous avec chaleur.

Puis, le repas fini, chacun quitta sa place

Pour passer au salon ou bien sur la terrasse.

L'abbé s'assit dehors, seul auprès des massifs,

Vers le ciel étoilé levant ses yeux pensifs,

Et disant, tourmenté par l'éternel problème :

« L'auteur de ces soleils, est-ce un Dieu qui nous aime ? »

Il était là rêveur quand, soudain, dans le bois,

A quelques pas de lui, très faible, un bruit de voix

Parvint à son oreille apporté par la brise :

— « Il est pourtant fort bien ! En vérité, Louise,

Puisque tu sais qu'un jour tu devras l'épouser,

Sois moins froide envers lui quand il vient te causer !

Guy t'aime, c'est certain ; quand, la saison dernière,

Il venait au parloir te voir avec ta mère,

Ses yeux disaient assez, et chacun l'a pensé,

Que bientôt ce cousin serait ton fiancé !

Moi, je crois qu'il voudrait t'avoir en mariage

Dans un an, au retour de son prochain voyage.

N'as-tu pas vu, tantôt, son visage altéré ?

Mais tu n'avais des yeux que pour ton beau curé ! »

— Et l'autre vivement : — « Oh, tais-toi, grande folle !

Qui n'eût pas admiré l'éclat de sa parole ?

Et quant à mon cousin, je sens mieux chaque jour

Qu'il ne saurait jamais m'inspirer de l'amour.
Tu me disais souvent, oui, c'est toi que je cite,
Que devant l'être aimé le cœur bat bien plus vite ;
Or, quand je parle à Guy, quand il me tend la main,
Aucune émotion ne vient troubler mon sein...
Quel noble et vaste esprit que celui de ce prêtre !
Si Guy lui ressemblait... je... l'aimerais, peut-être ! »
— L'abbé qui, voulant fuir, restait là, chancelant,
De peur d'être entendu, d'être vu s'en allant,
Crut mourir quand soudain, au détour des charmilles,
Se trouva face à face avec les jeunes filles !...
Elle eut un faible cri le voyant à deux pas ;
Son corps allait fléchir... il la prit dans ses bras.
L'amie était restée immobile, éperdue,
Se disant que sans doute il l'avait entendue.
Mais bientôt, revenant de sa morne stupeur :
« Mon Dieu, monsieur l'abbé ! Qu'a-t-elle donc ? J'ai peur ! »
— « Rassurez-vous ; ce n'est qu'un très léger malaise ;
Peut-être la chaleur, l'air orageux qui pèse !
Moi-même j'arrivais, me sentant oppressé,
Pour chercher la fraîcheur ;... mais voyez, c'est passé !
Elle reprend ses sens ;... Taisons à la comtesse
L'incident qui pourrait alarmer sa tendresse.
Voyez donc, elle est mieux ; son visage est moins blanc ;
Asseyez-vous près d'elle un instant sur ce banc.

Je vous quitte et je rentre. Et vous, mademoiselle,
Vous rentrerez aussi, tout à l'heure, avec elle. »
— Quelques instants après, alors que le concert
Venait de commencer par l'« *Adieu* » de Schubert,
Il entendit crier, près du balcon, le sable :
C'était elle, un peu pâle et bien plus adorable.
Ah ! qu'il souffrait de voir ce beau front soucieux,
De deviner les pleurs prêts à jaillir des yeux !
Lorsqu'elle dut chanter le « *Lac* » de Lamartine,
Il craignit que son cœur ne brisât sa poitrine.
La tourmente éclatait et faisait rage en lui,
Noyant toute raison, renversant tout appui.
Drame intime du cœur que nul terme n'exprime,
Où le ciel nous sourit tout au fond de l'abîme !
L'abîme ! il y glissait, et, penché sur le bord,
Délicieusement, il respirait la mort.
Au son de cette voix qui le berçait sans trêve,
Il nageait vaguement dans les vapeurs du rêve.
Il oubliait la messe, et la cure, et ses vœux,
Et tout... sauf cette tête aux fins et doux cheveux,
Qu'il voyait de profil, si pure et si jolie,
Cent fois plus séduisante en sa mélancolie.
Il se voyait près d'elle en un pays lointain,
Aux champs toujours fleuris, au ciel toujours serein.
L'amour leur dévoilait toutes les harmonies ;

Et les bras enlacés, et les âmes unies,
Loin du tumulte humain, égoïste et railleur,
Leurs jours semblaient régis par un destin meilleur.
Il s'en allaient aux bois cueillir les violettes,
Et s'abreuvaient ensemble au nectar des poètes.
A l'aube ils écoutaient le réveil des oiseaux ;
Le soir, quand le zéphyr chante dans les roseaux,
Dieu semblait leur sourire et se montrer sans voiles,
Et les entretenir du secret des étoiles.
Bientôt entr'elle et lui venait surgir un tiers,
En qui se confondaient leurs âmes et leurs chairs :
L'enfant ! nouvelle aurore, adorable mystère,
Seul souvenir de soi qu'on laisse sur la terre !
L'enfant au frais sourire, aux regards transparents,
Aux petits bras tendus vers le cou des parents !
L'enfant ! or sans mélange et lèvre sans mensonge...
. . . .
Mais le cri de « bravos ! » dissipa ce beau songe.
Comme on allait danser, il s'esquiva sans bruit,
Livrant son front en flamme au vent frais de la nuit !

VII

Vade, Satana!

Il pria ce soir-là bien plus que de coutume,
Sentant son cœur noyé dans des flots d'amertume.
Mais, distrait malgré lui, tout en fixant la croix,
Il murmurait tremblant : « L'ai-je vue autrefois?
Avant de naître ici, j'en ai la foi profonde,
Nous nous sommes aimés en quelque meilleur monde.
Quand son regard suave, ingénument hardi,
A rencontré le mien, tout mon être a bondi !
Oui, je me sens déjà lié par chaque fibre,
Mais je ne suis plus jeune et je ne suis point libre.
Enfant, j'ai prononcé le serment solennel,
Et, l'aimant, je serais parjure et criminel.
Ah ! si tu devinais, pauvre excellente mère,
Combien parfois un vœu peut être téméraire !

Pourtant, Seigneur mon Dieu que j'implore à genoux,
Il me semble vraiment que, pour monter à vous,
Rien ne peut mieux servir que cet essor sublime
Qui, nous venant de vous, doit être légitime !
Oui, l'homme sans amour est un homme incomplet ;
Moi, Seigneur, dans ses yeux j'ai vu votre reflet !
C'est quand j'entends sa voix que mon âme ravie
Peut croire au bien suprême et peut bénir la vie,
Le printemps et les fleurs et la terre et la mer,
Les mondes infinis qui nagent dans l'éther !
Par elle je comprends le sens de la nature,
Le but du Créateur faisant la créature !
Et c'est assurément quand elle me sourit
Que je vois mieux briller l'éclat du Saint Esprit !
Est-il vrai que l'amour, chez un prêtre, vous blesse?
Qu'il faut broyer son cœur pour célébrer la messe?
Que ne suis-je pas mort quand, froid et sans couleur,
Son front vint sur mon sein tomber comme une fleur !
D'après sa confidence, à mon regret surprise,
Elle aurait pu m'aimer, n'eût été que l'Église
Fait surgir entre nous un obstacle d'airain !
Ah ! quelle horrible épreuve et quel sombre destin !
Et maintenant que faire? Il faut bien qu'elle ignore
Que ce prêtre est un homme, un homme qui l'adore !
Mais pourrai-je la voir, lui parler chaque jour,

Sans que ma voix, mes yeux, trahissent mon amour ?
Dois-je m'enfuir au loin pour calmer mon délire,
Ou bien, clouer mon cœur sur la croix du martyre,
La voir, l'entendre, hélas ! sentir ses yeux sur moi,
Et souffrir, triomphant de l'amour par la foi ?
Et toi, Christ, homme ou Dieu, dont l'immortelle gloire
Luit d'un éclat si pur dans le ciel de l'Histoire !
O volontaire hostie, adorable martyr,
Toi qu'un immense amour fit tellement pâtir !
J'entends bien que ta voix me dit dans le mystère
Qu'en amour, aspirer vaut mieux que satisfaire.
Tout bien traîne ici-bas son ombre et son défaut,
Tout décline et pâlit.... dès lors, visons plus haut !
Un jour le Tentateur, notre éternel obstacle,
A voulu te séduire, et, du haut du pinacle,
Le Maudit te montrait royaumes et cités,
Le Pactole et Golconde et mille voluptés.
Peut-être il t'offrait même un chaste cœur de femme,
Un saint amour de Vierge, exquise fleur de l'àme !
Aux plaisirs, aux amours, à la splendeur des rois,
Aux flots de myrrhe et d'or, tu préféras... la croix !
Il se peut qu'ici bas l'amour ne soit qu'une aile
Qu'il faut remettre blanche au Dieu qui nous appelle
Vers un monde sans fange où l'être n'est qu'amour,
Où les amants iront se retrouver un jour

Pour goûter réunis d'ineffables délices,
Et pour jouir du prix de tous leurs sacrifices !
Ce sera désormais l'âpre lutte où le cœur
S'effacera meurtri sous le devoir vainqueur ! »
Quand le surlendemain il revit son élève,
La leçon de latin les occupa sans trêve.
Il s'étendit longtemps sur les règles des cas,
Et.... l'emploi du datif masquait leur embarras.
Ils le croyaient du moins ; mais ils avaient beau faire,
Leurs âmes se parlaient par-dessus la grammaire.
On a beau se raidir pour résister au sort :
L'homme, dans ces combats, n'est jamais le plus fort !
Si leurs yeux s'évitaient, leurs cœurs chantaient ensemble
L'amour triste et maudit, l'amour voilé qui tremble.
Mais leur âme était fière, et bientôt tous les deux
Jugèrent ce maintien par trop indigne d'eux.
Aimer n'est point un crime, et l'amour qui se dompte,
Fait pâlir de douleur et non rougir de honte !
Le ton de leurs rapports, par un accord muet,
Reprit, les jours suivants, un naturel parfait.
Elle était une sainte, il valait un apôtre ;
L'introuvable était là, l'un le trouvait dans l'autre ;
Rien que tendre les bras pour saisir le bonheur....
Un seul pas les sépare.... un abîme : — l'honneur !

VIII

*Si non potest hic calix
transire nisi bibam, fiat
voluntas tua !*

Octobre frissonnait sous sa parure fauve.
Le chasseur qui poursuit, le chevreuil qui se sauve,
Et le vent qui gémit à travers les cyprès,
Troublaient seuls le silence auguste des forêts !
Par un matin brumeux et sous un ciel livide,
L'abbé se dirigeait, marchant d'un pas rapide
Et côtoyant le bois, vers un pauvre logis
Où quelqu'un se mourait. — A voir ses yeux rougis,
La maigreur de ses traits, un amer pli des lèvres,
L'on pouvait deviner les luttes et les fièvres
Qui minaient sourdement le cœur et le cerveau

De cet homme encor hier si robuste et si beau !
Meurtri par des douleurs intimes, infinies,
Il comparait ses jours à ces feuilles jaunies
Qui tombent des rameaux, qu'un souffle chasse au loin,
Et finissent bientôt par pourrir dans un coin.
Quand le curé fut près du seuil de la masure,
Il en sortait hélas ! un éloquent murmure
De sanglots étouffés et de navrants appels,
Tels qu'on en fait entendre en ces moments cruels
Où quelque bien-aimé s'en va vers le mystère.
Deux enfants étaient là près du lit de leur mère.
Pauvre femme ! Elle avait, pour nourrir ses petits,
Dans un rude labeur, trouvé maigres profits !
Jour et nuit, inclinée à coudre à la machine,
Le mal, ce noir vautour, lui fouillait la poitrine.
L'homme était mort déjà depuis près de cinq ans
La laissant sans ressource avec les deux enfants.
Se soigner ? Mais, hélas ! comment quitter la tâche ?
Il fallait, pour manger, travailler sans relâche !
Et de sa lèvre un jour, en sinistres sanglots,
Le sang de ses poumons avait jailli par flots !
Elle dut s'aliter cédant à la faiblesse.
Instruit par le docteur d'une telle détresse,
Le curé fit merveille. Avec un tact parfait,
Il savait centupler la valeur du bienfait.

Puis un jour avec lui parut dans la chaumière,
Une vierge charmante, un ange de lumière,
Portant l'or dans la main, dans les yeux la bonté,
Sur la lèvre un sourire exquis de charité !
La mère alors sentit diminuer sa peine :
Elle attendait la mort plus calme et plus sereine,
Et ne redoutait plus de trop noirs lendemains
Pour les pauvres enfants qui seraient orphelins.
Les premiers froids d'automne avaient hâté la crise ;
La vie allait s'éteindre au souffle de la bise.
En entrant, le curé s'aperçut d'un regard
Que la fin approchait, qu'il fallait sans retard
Donner les sacrements et l'onction extrême,
Et préparer cette âme à son départ suprême.
Mais quoi ?... Soudain l'abbé tressallit ; il écoute
Un roulement lointain s'approchant sur la route.
Son pauvre cœur bondit ; en vain il le contient,
Et chaque bond lui dit : Oui, c'est elle qui vient !
Elle devait partir, le soir, pour l'Italie ;
Lui disant un adieu plein de mélancolie
Il avait cru la veille, en quittant le château,
Qu'il ne la reverrait qu'aux mois du renouveau.
Elle était là, pourtant ; la bonté de son âme
La ramenait encore au lit de cette femme.
Et maintenant tous deux, émus, pâles, défaits,

Le cœur plein de tristesse, ils suivaient les effets
De la mort implacable altérant le visage
De celle qui partait pour le dernier voyage.
Sans cris et sans secousse et semblant s'assoupir,
Elle, enfin, rendit l'âme en un dernier soupir.

. . . .

Quelques instants plus tard et pendant que le prêtre
Debout, les bras croisés, auprès de la fenêtre,
Fixait la jeune fille en prière à genoux,
Elle se releva ; puis, d'un ton triste et doux :
« Adieu, monsieur l'abbé ! » Mais leur regard intense
A fait jaillir l'aveu de cet amour immense
Qui dévorait leurs cœurs. Il tremblait... et soudain
Le beau front de l'enfant s'abattit sur son sein.
— « Mon Dieu ! Que je voudrais être morte a sa place !»
— « Enfant, l'homme, ici-bas n'est qu'une ombre qui passe !
La vie est éphémère et n'a vraiment de fort
Que l'amour, chère enfant, la douleur et la mort !
L'amour, c'est Dieu vibrant, Dieu dans sa créature ;
La douleur, c'est la flamme où tout amour s'épure ;
Et si nous soumettons les désirs aux devoirs,
Le tombeau c'est la porte ouverte aux grands espoirs !
Louise, entendez-moi. De ces deux choses l'une :
Ou tout erre au hasard, sans loi, sans règle aucune,
Sans dessein et sans but dans l'océan des temps ;

Et, dès lors, à quoi bon nos vœux les plus ardents ?
L'existence est si brève ! Elle fuit comme une heure !
Qu'importe qu'on y rie ou qu'importe qu'on pleure ?
Ou bien, rien ne se fait qui n'ait été voulu,
Par un Dieu sage et fort, par un Être absolu
Qui, connaissant les cœurs même en leurs moindres fibres,
Nous dit : Voici le bien ! Hommes, vous êtes libres !
Soyons certains dès lors, que, pour l'âme, les pleurs
Sont un égal bienfait que la rosée aux fleurs !
Si la terre est désir, souffrance et sacrifice,
Le ciel nous offrira paix, triomphe et justice!
Supportez vaillamment cette épreuve du feu,
Et marchez sur la ronce en fixant le ciel bleu !
Un de ces jours derniers votre excellente mère
Vint, pour me consulter, me voir au presbytère.
Son désir le plus cher, son espoir le plus doux,
C'est que votre cousin devienne votre époux.
Votre santé s'altère, elle en est inquiète,
Et craint que vous n'ayez quelque peine secrète.
Ce voyage au pays toujours ensoleillé,
D'où l'hiver est banni, fut par moi conseillé.
Oui, partez, oubliez ; vous êtes jeune et belle,
L'avenir vous sourit, le monde vous appelle !
Quand la tendre hirondelle aura fait son retour,
Vous reviendrez aussi. Puis, à l'église, un jour

Moi.... je vous unirai. J'en ai fait la promesse
Devant le vœu pressant émis par la comtesse.
Ne pleurez pas ainsi. Oui, j'irai jusqu'au bout !
Le calice est amer, mais je le boirai tout !
Dieu reste aux malheureux dont l'espérance est morte !
Louise, épousez Guy, soyez vaillante et forte ! »
— « Ah ! mon cœur s'y refuse, il ne pourra jamais !... »

— « Dieu vous garde, ma fille, et vous rende la paix ! »

Triste adieu ! Les chevaux s'éloignent dans la brume.
L'abbé les suit des yeux où la fièvre s'allume.
Un long frisson parcourt et son âme et sa chair ;
Et ce juste gémit : Qu'est-ce donc que l'enfer ?

IX

Mater, venit hora

Salut, printemps béni qui fais sous ton haleine
Fleurir l'espoir au cœur et l'herbe dans la plaine !
Un crêpe immense et noir nous voilait l'infini...
Tu viens le déchirer !.. Salut, printemps béni !
Sois béni, doux printemps ! Rayons, azur, coups d'aile,
Fête que donne aux sens la Nature immortelle !
L'être sent circuler la sève dans ses flancs,
L'air est chargé d'amour... Sois béni, doux printemps !
Sous le ciel de saphir la terre est d'émeraude ;
L'or du soleil ruisselle en une étreinte chaude ;
Les gouttes de rosée aux baisers du Zéphyr
Tremblent, purs diamants, sous le ciel de saphir !

Des buissons de lilas monte une étrange ivresse,
Comme un arome exquis de force et de jeunesse...
Pourtant il est des cœurs trop meurtris et trop las,
Que vous n'enivrez plus, frais buissons de lilas !
Le prêtre qui voyait par la fenêtre ouverte
Le vallon se couvrir de sa parure verte,
Et la source couler en nappe de cristal,
Restait morne et ployé sous l'incurable mal.
Maigre à ne plus sembler que l'ombre de lui-même,
Les grands yeux seuls vivaient dans son visage blême.
En vain, du seuil des nids, fauvettes et pinsons
Égrènent dans les airs leurs trilles, leurs chansons !
Déjà son âme flotte au-dessus de la vie ;
Rien ne peut désormais exciter son envie.
L'horizon de son cœur ne s'est point éclairci :
Un triste amour le tient et le tord sans merci !
Sa mère a tout compris, et vit dans les alarmes,
Lui cachant avec soin ses craintes et ses larmes.
— « Mon fils, le docteur dit qu'il te trouve bien mieux ;
Mais suis donc son conseil : partons, quittons ces lieux !
L'air du pays natal, a-t-il dit pour conclure,
Rendrait ta guérison plus complète et plus sûre.
Monseigneur le permet ; il nous l'a fait savoir ;
Tout est prêt ; si tu veux, nous partirons ce soir. »
Et le malade alors, dans un navrant sourire

Qui disait sa souffrance et sa soif de martyre,
Ayant fixé sur elle un tendre et long regard :
— « Non ; à quoi bon partir ? D'ailleurs, il est trop tard.
Si l'excellent docteur me propose un voyage,
C'est qu'il craint de me voir bénir ce mariage.
Il a lu dans mes yeux, moi, je lis dans les siens ;
Or, je veux les unir ;... j'ai promis, je maintiens !
Pauvre mère ! Il faut bien que ton cœur s'y résigne :
Je sens venir la mort, je l'attends fier et digne.
Dis-toi, pour apaiser quelque peu ton chagrin,
Que la mort m'affranchit des griffes du destin.
J'ai vaincu le démon ; et si mon corps succombe,
Si le Maudit se venge en m'ouvrant une tombe,
Il n'aura point souillé les élans de mon cœur ;
La bataille est finie et je m'endors vainqueur !
S'il est vrai qu'au delà notre âme existe encore,
Si la nuit du cercueil précède une autre aurore,
Et si réellement le juste va là-haut
Auprès des anges purs et des saints sans défaut,
Mon esprit descendra, ma mère. pour t'entendre
Quand tu viendras prier où l'on mettra ma cendre !
Tu pleures !... et pourtant mes tourments vont finir,
Et nous nous séparons pour mieux nous réunir !

X

Consummatum est !

Le doux soleil d'avril riait sur la feuillée
D'où s'envolait gaiement la strophe gazouillée.
Le château s'emplissait. Les parents, les amis,
Venus des environs ou venus de Paris,
Attendaient en causant le départ pour l'église.
Les chevaux, tout fleuris, piaffaient sous la marquise.
Un mouvement se fait. Frais et blanc liseron,
Elle apparaît enfin sur le haut du perron.
Sous les plis vaporeux, immaculés du voile,
Brille un regard mouillé, tremblant comme une étoile.
Ses beaux traits amaigris, son maintien, sa pâleur,
Trahissent une intime et poignante douleur.

Qu'allait-il arriver ? L'angoisse la dévore !
Elle songe à la croix de l'homme qu'elle adore !
Elle allait donc le voir s'immoler sur l'autel,
Recevoir devant Dieu leur serment solennel !
Elle allait donc le voir, l'incomparable apôtre,
Livrer sa bien-aimée aux chauds baisers d'un autre !
Ce héros, ce martyr, elle allait donc le voir
Broyer son propre cœur pour un douteux devoir !
Pourrait-il résister ? — « Ah Seigneur ! pensait-elle,
Pour moi comme pour lui, l'épreuve est trop cruelle !
J'ai suivi son conseil, j'ai fait sa volonté,
Mais sur ma force, hélas ! n'ai-je point trop compté ?
Car, je le sens, je l'aime, et... je suis sacrilège ! »
Les cloches annonçaient l'approche du cortège,
Et les gens du village, endimanchés, heureux,
Se pressaient sur la place, et, devisant entr'eux,
Vantaient la charité de la noble famille,
La beauté, les vertus de cette jeune fille.
Le curé, disait-on, bien qu'à peine remis,
Bénirait les époux comme il l'avait promis.
N'était-il pas l'ami, le conseiller, le maître?
Et l'on faisait en chœur l'éloge du bon prêtre.

. . . .

— « Soyez les bienvenus ! » chantait la voix d'airain ;
Et le soleil, la fleur, l'arbre et le ciel serein,

Et les milliers d'oiseaux cachés dans le feuillage,
Tout paraît saluer le couple à son passage.
Soudain, l'orgue sacré se joint à ce concert,
Et de la place on voit, par le portail ouvert,
L'autel étinceler, et l'élégante foule
Produire, en s'agitant, un mouvement de houle ;
Puis un calme profond,... la messe a commencé.
Le curé paraît fort ; son corps s'est redressé,
Et sa voix retentit, très vibrante et très pure.
De loin, la pauvre mère, écoute et se rassure.
Enfin l'instant arrive où le couple, à genoux,
Echange aux pieds du Christ l'engagement si doux !

. . . .

A toi, prêtre ! Bénis ce nœud qui les enlace !
Mais quoi !... L'abbé chancelle et sa voix s'embarrasse...
Ses deux bras frappent l'air.... Dans un suprême effort
Il dit : « Soyez unis ! », et..... tombe raide mort !

L'AN MIL

—

POÈME

—

Generatio præterit et generatio advenit
terra autem in æternum stat!
(ECCLÉSIASTES, I. 4.)

L'AN MIL

Generatio praeterit et generatio advenit;
terra autem in æternum stat.
Eccles. I. 4.

I

IN TERRA

Vers l'an mil de Jésus, au siècle d'arrogance,
L'horizon des esprits s'étant voilé de noir,
On accourait en foule aux églises de France,
Et les cloches sonnaient le glas de l'espérance,
Car du jour de ce monde on se croyait au soir !

Lorsque pieusement on baisait les reliques,
Sur les châsses en or les pleurs coulaient à flots ;

Et l'encens qui montait en spirales mystiques,
Semblait porter à Dieu les funèbres cantiques
Qu'interrompaient souvent les cris et les sanglots.

Et le prêtre tonnait : « Baissons la tête indigne
Sous le glaive invisible agité dans les airs !
Dieu le veut, c'est la fin ! Il faut qu'on s'y résigne !
Il est le vigneron et nous sommes la vigne...
Son terrible pressoir va broyer l'Univers !

Chair de concupiscence, il faut que tu succombes !
Les temps sont arrivés et le terme est écrit ;
Les morts vont soulever le couvercle des tombes,
Les glorieux martyrs sortant des catacombes
Verront flamber ce monde au feu du Saint Esprit ! »

La Vierge aux grands yeux purs cherchait en vain sa faute,
Et pliait soupirant son front plus blanc qu'un lis ;
Frêles, charmants esquifs qui, sans quitter la côte,
Sentaient gronder l'abime ainsi qu'en la mer haute,
Les enfants à genoux criaient : *De profundis !*

La mère, elle, étreignait les fruits de ses entrailles,
Maudissant son cœur tendre et le suprême aveu,

Et le baiser brûlant du soir des épousailles !
Du rêve à peine éclos déjà les funérailles !
Et son regard farouche accusait le ciel bleu !

Au front des plus vaillants la peur creusait des rides :
Ces guerriers qui jadis dans plus de cent combats
Bien loin de fuir la mort l'affrontaient intrépides,
Tremblaient d'aller grossir les tas de chairs livides
En tombant sans honneur dans le commun trépas !

Plus de gaîté l'hiver au foyer de famille,
Plus de joyeux ébats sous la treille en été !
Seigneurs sous leur brocart, manants sous leur guenille,
Tous suivaient au cadran l'inexorable aiguille
Que poussait le doigt sûr de la fatalité !

Les champs livraient leur sève aux herbes sépulcrales,
Et lentement la rouille usait l'acier des socs ;
Quand la foudre éclatait, quand hurlaient les rafales,
On croyait que déjà les masses sidérales
Se heurtaient dans l'éther, s'émiettant en leurs chocs !

La nuit on frissonnait dans les alcôves sombres :
D'horribles visions hantaient le court sommeil ;

Souvent l'œil dilaté distinguait dans les ombres
Des milliers de corps morts saignant sous les décombres,
Ou la main d'un colosse étouffant le soleil !

Dans la fièvre, on suivait la ronde des squelettes
Qui tournoyait sinistre autour d'un grand charnier ;
L'oreille était tendue au râle des planètes,
Aux lourds effondrements, aux éclats des trompettes,
Convoquant tous les morts au jugement dernier !

Les heures et les jours fuyaient d'un vol agile,
Et bientôt, frissonnant, on murmura : « Demain ! »
Demain l'écrasement prédit par l'Évangile !
Demain !! et la terreur déjà les annihile,
Et dans leur stupeur morne ils attendent la fin !

II

IN CŒLO

Là-haut, dans l'invisible, une immense prunelle,
Astre où va s'allumer la vie universelle,
Suivait l'orage humain, la tempête des cœurs.
Adam se débattant sous les destins vainqueurs.
Le ciel semblait ému du bruissement des fanges :
Les élus bienheureux, les cohortes d'Archanges,
Les Séraphins brillants aux aiies du soleil,
Tous aux pieds du Très-Haut s'unirent en conseil.
Un élu, couronné des sept couleurs du prisme,
Prit ainsi la parole : « Au temps du cataclysme,
Quand l'Arbitre indigné lâcha les Océans
Sur la terre encor jeune et sur ses fiers géants ;
Quand des siècles futurs me sacrant patriarche
Sur l'abîme écumant il fit flotter mon arche,

Certes, le genre humain était moins corrompu
Qu'en ces jours où du mal tout frein paraît rompu !
Le sang rougit la terre, et ses effluves âcres
Font monter aux cerveaux l'ivresse des massacres.
Ces reîtres, ces barons, sous l'armure d'acier
Cachent l'instinct du fauve, un cœur de carnassier !
Oui, c'est l'âge où la force égorge la justice...
Mais faut-il, cependant que l'Univers périsse ?
N'avez-vous point, Seigneur, lors du grand châtiment,
Juré qu'à l'avenir vous seriez plus clément ? »
— Puis le fils de Terakh, l'homme à la foi robuste,
Portant autour du front la couronne du juste,
Dit : « Nul ne peut scruter, Jéhovah, tes desseins !
Tout est occulte en Toi, même aux yeux purs des saints !
Pourtant quand j'ai quitté le sol de la Chaldée,
Tu m'as dit : Va, deviens l'apôtre de l'idée !
Porte au sein de la nuit l'aurore d'un beau jour,
Et sème la justice et fais croître l'amour !
Or, Satan est bien fort, et pour qu'on le terrasse,
Il faut du temps, Seigneur !... c'est l'œuvre de ma race !
Penses-tu que le monde ait déjà trop vécu ?
Mais s'il meurt criminel, Satan aura vaincu !
Quand, semblable au torrent, l'iniquité déborde,
Ton courroux doit fléchir sous ta miséricorde ! »
Le berger du Horeb, tremblant pour ses brebis,

Dit : « Priez avec nous, anges du Paradis !
Pour transmettre aux humains l'esprit des saintes règles,
D'un troupeau de vils serfs j'ai fait un peuple d'aigles !
Est-ce afin d'éclairer l'universel tombeau
Que ta crête, ô Sina, fut changée en flambeau ?
Un jour j'ai demandé, Seigneur, à voir sans voiles
Ta face dont l'éclat fait pâlir les étoiles ;
Alourdi par ma chair je n'ai vu qu'à moitié...
Pourtant j'ai reconnu que tu n'es que pitié !
Foyer de tout amour, tu permets, magnanime,
Que l'impie ait le temps de regretter son crime !
Il faut bien que ton Code atteigne enfin son but !
Epargne tes enfants ! » Le fils d'Amram se tut.
Mais voici s'avancer David, le roi-poète !
La douleur n'eut jamais de plus noble interprète ;
L'éclat pur de sa voix est goûté même au ciel,
C'est un parfum de myrrhe, une saveur de miel :
« — A qui te comparer, ô Toi que rien n'égale,
Et de qui tout reçoit l'empreinte originale ?
Un, d'unité parfaite et sans combinaison,
Ton essence, ô Seigneur, confond toute raison.
Quand des cieux étoilés tu fondais l'harmonie,
Tu n'as puisé qu'en Toi la sagesse infinie !
C'est ton nom seul qu'on lit au livre universel,
Et tout ce qui périt te proclame éternel !

6

Tout révèle à nos sens tes facultés profondes,
Ton sceau brille en l'azur où gravitent les mondes !
Avant que ton haleine eût fait les éléments,
Ces arceaux en saphir semés de diamants,
Tu vivais dans un lieu qui n'était point l'espace,
Qui n'a point d'étendue et n'a point de surface ;
Ton bras tient l'univers et l'on recherche en vain
L'être plus fort que Toi qui te tienne en sa main !
Quand l'esprit veut sonder la loi qui nous dirige,
Penché sur cet abîme il est pris de vertige.
Tu remplis de l'éther les océans sans bords ;
Ta force, en ses éclats, fait trembler les plus forts !
Or, j'entends la clameur qui monte de la terre...
C'est mon *De profundis*, mon sanglot, ma prière,
Le cri de ma douleur !... c'est le *Miserere*
Qui jaillit autrefois de mon cœur ulcéré !
Depuis lors, ô Seigneur, l'homme est toujours le même !
Et Toi, peux-tu changer, Toi, la pitié suprême ?
Tu pardonnas jadis au pécheur de Sion,
Pardonne au genre humain, serf de sa passion !
L'homme, enfin, est ton œuvre et tu l'as fait fragile !
Son cœur, tu t'en souviens, fut pétri dans l'argile !
Laisse mûrir les fruits du rameau de Jessé...
L'avenir blanchira la noirceur du passé ! »
Tel qu'au souffle embaumé qui court sur la prairie

On voit l'herbe ondoyer, l'assemblée attendrie
Eut un frémissement... — Mais bientôt tous les yeux
Convergent vers Celui que la terre et les cieux
Ont vu jadis mourir sur la croix du martyre,
Bénissant ses bourreaux au lieu de les maudire!
Il pleurait et montrait silencieux ses flancs,
Livides, et percés de plusieurs trous, sanglants!

. . . .

Une voix ébranla les profondeurs de l'Être :
« — Isaïe, ô prophète! A ton tour! Fais connaître
Ce qui se trouve écrit au Livre du destin!
Plonge en l'épais brouillard de l'Avenir lointain! »
— On vit alors un ange ouvrir larges ses ailes
Vers le trône en saphir aveuglant d'étincelles;
Il monte en l'éther pur où nagent les soleils
Aux rayons d'or, d'argent, smaragdins ou vermeils,
Et suit, dans les essors de ses plumes légères,
Le rythme harmonieux dont se bercent les sphères;
Il atteint le foyer de l'occulte Raison...
Et lorsqu'il redescend sa main porte un tison.
Le Voyant dont il touche et le front et les lèvres,
Sent circuler en lui le feu des saintes fièvres,
Et s'écrie : « Éternel, j'entends tes volontés !
Prête l'oreille, ô terre! et vous, cieux, écoutez! »

III

IN SÆCULA

Des pleurs? Des cris? Pourquoi? Déridez-vous, fronts mornes !
Bannissez, cœurs tremblants tout effroi puéril !
La Terre poursuivra dans cet azur sans bornes
       Sa course... après l'an mil !

Non, non ! Dieu ne veut pas trancher la destinée
D'un monde, comme on tranche une tige de fleur !
La vie, encor longtemps, va couler alternée
       De joie et de douleur !

Je vois des prés fleuris et des plaines fécondes ;
Des bosquets pleins d'oiseaux s'aimant au fond des nids,
Et je vois le soleil mûrir les moissons blondes
       Sur les sillons bénis !

Les vieillards en repos à l'ombre de la vigne,
Les filles et les gars dansant le soir en rond ;
Je vois le travailleur essuyant, fier et digne,
　　　La sueur de son front !

Les bœufs aux larges flancs paissent dans les herbages,
Aux bords des ruisseaux clairs jaillissant des rochers ;
Grave et tendre un appel descend sur les villages
　　　Du haut des saints clochers !

Sur leurs blancs petits lits, à genoux, les mains jointes,
Je vois de blonds enfants murmurant le *Pater*...
Détourne d'eux, Seigneur, les douloureuses pointes,
　　　Et le calice amer !

Je vois des chevaliers, tous preux de noble mine,
Courir en Orient pour de pieux exploits ;
Sur leurs drapeaux flottants, sur leur mâle poitrine,
　　　Jésus, je vois ta croix !

Enfin le Droit sacré dompte la barbarie,
L'ère de violence arrive à son déclin ;
L'épée, on la consacre à sauver la patrie,
　　　La veuve et l'orphelin.

Un souffle d'équité vient apaiser les haines,
Les manoirs ne sont plus d'affreux nids de vautours !
Je vois sur les balcons de jeunes châtelaines
       Sourire aux troubadours !

Puis, plus loin dans les temps, la divine étincelle
Ranime dans les cœurs le saint flambeau de l'Art ;
Le marbre a retrouvé Phidias, Praxitèle,
       Et l'argile a Bernard !

L'Idéal que pétrit la main de Michel-Ange,
Qu'ébauche le pinceau du puissant Raphaël,
Sera le rayon pur qui, du sein de la fange,
       Laisse entrevoir le ciel !

Leur œuvre affinera l'esprit qui le contemple,
Puisque le Beau c'est Dieu souriant dans l'azur !
Oui, l'artiste est un prêtre, et l'Art est un grand temple
       Ouvert à tout cœur pur !

Sur un pont de vaisseau, défiant l'Atlantique,
Je vois Colomb debout, fier, les cheveux au vent,
Et son front plein de foi m'apparaît magnifique,
       Comme un soleil levant.

Le progrès s'accélère et j'ai peine à le suivre ;
Bientôt l'humanité peut en cueillir le fruit ;
Gutenberg a crié : *Fiat lux !* et le livre
        Triomphe de la nuit !

Ombre maudite, arrière ! A bas, puissances louches !
Ecroulez-vous, enfin, trônes d'iniquité !
Le cri du Droit jaillit des millions de bouches
        D'un peuple révolté !

C'est Paris qui rugit. Il se lève, il se rue
Implacable et superbe en ses élans vengeurs !
Hélas ! la Seine s'enfle, et je vois dans sa crue
        De sinistres rougeurs !

L'âme veut s'affranchir de ce joug qu'elle abhorre ;
Les fronts étaient bien bas... les voilà redressés !
L'abus insatiable a beau crier : *Encore* !
        Paris a dit : *Assez* !

Et moi, le fils d'Amotz, que le Seigneur inspire,
Qui de loin ai prédit l'aube des temps nouveaux,
Devant l'œuvre des Francs, je bénis et j'admire
        Ce peuple de héros !

Marche, ô France, en avant ! Apôtre, évangélise !
L'étendard, c'est ta main qui le doit soutenir,
Dieu va fonder par toi l'indestructible Église,
        Celle de l'avenir !

Le monde émancipé se voue aux tâches saintes,
Un siècle étincelant se lève à l'horizon,
Et dans ce qu'il produit j'aperçois les empreintes
        D'une haute raison !

La volonté se tend pour vaincre la nature,
Et le génie humain grandit en ces efforts :
Je le vois écoutant, pensif, ce que murmure
        L'âme des siècles morts !

Affranchi du carcan qui meurtrissait sa gorge,
Il reporte au travail ses bras de justicier !
Je le vois se créant aux lueurs de la forge
        Des esclaves d'acier !

Il dirige à son gré les forces naturelles,
Il détruit la distance. . Ah ! Que vois-je ? Il fait mieux !
Aigle superbe, il peut, en déployant des ailes,
        S'élever vers les cieux !

Je le vois, soucieux de la cause commune,
Développer l'école et polir la cité ;
Il fait même, à grand flots, couler vers l'infortune
    L'or de la charité !

Et pourtant bien des cœurs dévorés pour le doute,
Ne sentent plus, Seigneur, méconnaissant ta Loi,
Que le Vrai, que le Bien, que le Beau sont la route
    Qui les conduit vers Toi !

Ah ! quand verrai-je éclos le plus doux de mes rêves ?
Hélas ! toujours la guerre effroyable en ces chocs !
Il est trop loin le jour où l'on fondra les glaives
    Pour en forger des socs !

Qui mettra fin, clairons, à vos appels sinistres?
Satan, qui brisera tes serres de vautour?
. . . .
Le Verbe répondit : « Mes deux puissants ministres :
    La Lumière et l'Amour ! »

Juin 1890.

CHANT D'AMOUR

CHANT D'AMOUR

L me serait bien doux, par forêts et par champs,
D'épier le retour de la saison nouvelle,
Et d'aspirer, ravi, l'haleine du printemps
Près d'Elle !

Rayons clairs et joyeux, bruyant réveil des nids,
Triomphe de l'amour par où Dieu se révèle ;
Comment goûter le miel de vos charmes bénis,
Sans Elle ?

Merveilleuse harmonie, appels, soupirs, concerts,
Doux chants de rossignols, tendres cris d'hirondelle.
Dites-lui, dites-lui que mes jours sont amers
Loin d'Elle !

Astres d'or qui semblez des regards dans l'azur,
Votre éclat ne vaut pas celui de sa prunelle !
Mon joyau le plus cher, mon astre le plus pur,
        C'est Elle !

Naître, souffrir, mourir ! Devant un sort si noir,
J'ai bien souvent maudit la Raison éternelle !
Dieu me rend aujourd'hui la croyance et l'espoir
        Par Elle !

Où reposer mon cœur que tout heurte ici-bas,
Mon esprit inquiet qui tâtonne et chancelle ?
Sur quoi porter mon œil mélancolique et las ?
        Sur Elle !

Rêvant, je me revois à cet âge où vainqueur
Je pouvais entre cent me choisir la plus belle !
Mais aucune jamais n'a fait battre mon cœur
        Comme Elle !

D'où vient-Elle ? Est-ce un ange ici-bas descendu
Et qui va remonter vers les cieux d'un coup d'aile ?
Je voudrais tout entier me sentir confondu
        Dans Elle !

Mon âme est une fleur qui vit de son soleil,
Mon être à tout instant la désire et l'appelle...
Et la nuit je murmure, attendant le sommeil,
    Dort-Elle?

Au moment où ses yeux, ses traits purs et sa voix
Ont fait naître en mon sein la divine étincelle,
J'ai dit, me souvenant d'un lointain autrefois :
    « Est-ce Elle? »

Ne croit-on pas que l'âme, avant de naître ici,
A commencé déjà sa carrière immortelle?
A m'en rendre certain, aucun n'a réussi
    Mieux qu'Elle !

Non ; pas même la mort ne saurait te tarir,
Source d'où mon amour en larges flots ruisselle !
Tant qu'on vit et qu'on meurt, je veux vivre et mourir
    Pour Elle !

CIEL ET ENFER

CIEL ET ENFER

D ANS ton cœur de quinze ans, tu demandais, Lisette,
      « Qu'est-ce donc que l'amour? »
Une secrète voix te répondait : « Fillette,
      Tu le sauras un jour ! »

O Lisette ! Autrefois, ta joue était bien fraîche,
      Et, sous l'œil de bleuet,
Elle avait tout l'éclat d'une moitié de pêche
      Au délicat duvet !

Quand le printemps venait et réveillait les sèves
      Du sommeil de l'hiver,
Ton cœur battait plus fort ; mais l'essaim de tes rêves
      N'en comptait point d'amer !

Tu possédais un bien qui vaut plus qu'un empire :
      La gaîté du pinson !
Sur ta lèvre où toujours flottait un clair sourire,
      S'égrenait la chanson !

Alors que tu passais, l'on t'eût dite une abeille,
      Un papillon léger,
Un de ces blancs flocons que n'entend point l'oreille
      Lorsque l'œil voit neiger.

Un charme virginal montait de ta personne ;
      On pouvait t'envier ;
Tes yeux fixaient l'azur, lorsque ta main mignonne
      Courait sur le clavier.

Les mots passionnés de l'ardente romance
      Ne troublaient pas encor,
En ces jours où ton âme était dans l'innocence,
      Ta voix au timbre d'or !

Mais l'amour t'a surprise, et de mélancolie
      Ton front s'est obscurci ;
Ton cou, plus blanc qu'un lis, le voilà qui se plie
      Sous le poids du souci !

Tu connais maintenant cette douce torture
    De l'esprit obsédé ;
Et des lettres d'un nom, des traits d'une figure
    Ton cœur est débordé !

Toute rose éclatante a sa cruelle épine
    Qui blesse et fait souffrir ;
Tu la connais enfin cette langueur divine
    Dont on voudrait mourir !

Tu souffres ! Et pourtant l'amour n'est point un crime.
    Ah ! la cruelle loi !
Qui condamne à rougir le dévouement sublime
    Où l'on renonce à soi !

Tu n'entends même plus protester la voix sainte
    De ton ange gardien ;
Ton univers... c'est Lui, ses regards, son étreinte...
    Tout le reste n'est rien !

Le sort le veut ainsi. Nos plus belles années
    Ont aussi leur venin !
Nul ne peut s'affranchir du joug des destinées,
    Et ce joug est d'airain !

L'amour est une fleur qui nous apporte à l'âme
        Comme un parfum du ciel !
Mais il a de l'enfer l'intolérable flamme
        Et la coupe de fiel !

Qu'est-ce donc que l'amour ? C'est une soif immense
        Qu'on ne peut apaiser ;
Le sentiment amer de notre insuffisance
        Après chaque baiser !

L'amant devrait ainsi formuler sa prière,
        Le soir quand il s'endort :
« Seigneur ! fais-moi passer de ce lit dans la bière,
        De l'amour dans la mort ! »

RETOUR DU TONKIN

RETOUR DU TONKIN

L E ciel est de saphir, la mer est transparente ;
Cent bruits divers : la voix du matelot qui chante,
La vapeur qui s'échappe en rauques sifflements
Des poumons du vaisseau par les tuyaux fumants ;
Ici l'on cargue un foc dont grince la poulie ;
Là se croise un jargon d'Espagne ou d'Italie ;
Cris des marchands, appels ; au loin, coups de marteau
Pour radouber les flancs de quelque vieux bateau.
Le soleil rit dans l'air, généreux en sa flamme,
Et met des diamants dans l'eau que fend la rame.
Du flot pailleté d'or le reflet clair, moiré,
Danse sur le fond brun du navire amarré
Sur d'innombrables mâts, coupant le blanc des voiles,
Les drapeaux et leurs croix, leurs aigles, leurs étoiles,

Ou le croissant sacré des côtes du Levant,
Ont un frisson joyeux sous les baisers du vent.
Des parfums pénétrants dont le cerveau s'enivre,
Parlent d'un port lointain, plage où l'on voudrait vivre,
Où le rêve enchanteur en ses essors hardis,
Montre un sol tout semé des fleurs du paradis.
L'arome des produits de l'Inde et de la Chine
Se mêle à la senteur de l'haleine marine ;
Dans la foule animée, en blouse, en brun tricot,
Un fez par-ci par-là semble un coquelicot ;
Et tout sourit à l'œil et tout chante à l'oreille...
Quel est ce lieu charmant ? — C'est le port de Marseille !

Des groupes arrêtés auprès de l'arsenal,
Les yeux au sémaphore, attendaient un signal.
En ce jour radieux pour la terre et pour l'onde,
Un navire arrivait de l'autre bout du monde,
Ramenant au pays ces vaillants qui, là-bas,
Aux bords du Fleuve Rouge, en de rudes combats,
Dédaigneux du danger, plus forts que la souffrance,
Ont fait enfin flotter les couleurs de la France !
Quel doux rayonnement monte du cœur au front
De ces braves enfants, tous debout sur le pont !

Leur regard s'est mouillé... tout bas, leur lèvre prie
En voyant poindre au loin le sol de la patrie !
Pendant l'assaut, là-bas, lorsque sifflait la mort,
Nul ne gardait l'espoir de rentrer dans ce port !
Ils avaient dit adieu, résignés et sublimes,
Au nid lointain, foyer des tendresses intimes,
Au coin de l'univers qui porta leur berceau ;
Où des parents aimés reposent au tombeau,
Sous la grêle de plomb, à cette heure suprême,
On a la vision de tout ce que l'on aime !
La brume se dissipe.... un instant ! c'est assez
Pour revivre en esprit tous les beaux jours passés !
On se rappelle alors le chemin de l'école,
Le maître qui punit, la mère qui console,
Et vers le soir, l'été, les jeux sur le pré vert,
Et l'église qu'on voit par le portail ouvert !
Puis, le cœur, inondé de chaleur, de lumière,
Evoque de l'amour l'émotion première :
On voit deux grands yeux bruns, deux sources de soleil,
Des perles souriant en leur écrin vermeil !
Par delà l'océan, sous la mortelle étreinte,
Oui, vraiment, la patrie apparaît grande et sainte !
Elle aussi pense à vous, soldats, ô fiers enfants,
Et bénit au retour vos drapeaux triomphants !

Mars 1891.

POUR BIEN VIVRE

A mon excellente élève
Mademoiselle Elisabeth Machiels.

E ssayant de scruter le secret de la vie
L e penseur n'aboutit qu'au morne désespoir ;
I l advient trop souvent que sa raison dévie,
S' égare, et se sent prise en un dédale noir !

A rrête, enfant, tes yeux sur l'auguste nature !
B énis la Force occulte et l'insondable Loi ;
E t si parfois du sort tu dois subir l'injure,
T ends tes bras vers l'azur... Point de paix sans la foi !

H âtons-nous de jouir de l'heure passagère,
M ais réglant nos souhaits, domptons nos appétits ;
A vec les grands gardons une attitude fière,
C édons le pas à l'humble, accueillons les petits !

H eureux ceux qui du bien savent goûter les charmes !
I ls ont, dès ici-bas, un avant-goût du ciel ;
E st-il un soin plus doux que d'essuyer des larmes ?
L'abeille est moins heureuse en fabriquant son miel !

S i nous vivons ainsi, le jour de l'existence
A ura pour nous un soir plein de sérénité ;
V aillants, nous attendrons la mort sans défaillance,
E spérant le réveil dans l'immortalité !

Mai 1890

POUR L'ALBUM

De Mademoiselle Lucie MEYER

L es rameaux, dans les bois, s'allongent blancs de givre ;
U n grand calme s'étend autour des nids déserts ;
C' est vraiment à douter qu'un doux printemps doit suivre ;
I l semble que ces troncs ne pourront pas revivre
E t qu'à jamais les nids resteront sans concerts !

M ais aux rayons d'Avril la chanson se réveille,
E t la sève éclatant sur l'arbre en mille fleurs,
Y mêle aux verts bourgeons, la guirlande vermeille ;
E nfant ! Ainsi l'espoir qui dans le cœur sommeille
R enaîtra tôt ou tard pour essuyer nos pleurs !

Paris, 25 janvier 1891.

LE SOMMEIL

LE SOMMEIL

BERCEUSE

ORS en paix, car il est un Dieu
Qui jamais ne dort ni sommeille !
Dors en paix ! De là-haut l'on veille
Sur l'homme en tout temps en tout lieu !

Le sommeil est un don d'amour
De la nature notre mère ;
Il descend la nuit sur la terre,
Pour calmer nos fièvres du jour

Le mortel qui se plaint du sort
Trouve un refuge sous son aile ;
Naufragés sur l'onde cruelle,
Nous cherchons dans ses bras un port.

Il plane au-dessus du berceau
Où l'enfant innocent repose ;
Le petit visage au teint rose
Est alors plus frais et plus beau !

Quand la vierge en son chaste lit
Sent fermenter l'amour en germe,
Baisant ses beaux yeux il les ferme,
Et tout trouble s'évanouit.

Au palais riche et somptueux
Il préfère l'humble mansarde ;
Il aime le pauvre et le garde
Avec un soin affectueux !

Il nous verse un philtre enchanteur
Qui nous fait oublier nos peines,
Le prodigue aux âmes sereines,
Et le refuse au malfaiteur !

Le jour, défaillants sous le faix,
Nous maudissons souvent la vie...
Mais la nuit notre âme est ravie!..
Mortel, bois l'oubli, dors en paix!

SONNETS

PRINTEMPS

A Madame la Marquise de Blocqueville,
née Princesse d'Eckmuhl.

SONNET

Sous les baisers d'Avril la chanson se réveille,
Le voile noir se fend, les cieux semblent ouverts ;
Aux bois la sève éclate en bourgeons frais et verts
Et, vierges, votre bouche apparaît plus vermeille !

Ravis, nous aspirons l'ivresse sans pareille
Qui nous vient de l'azur, des plaines et des mers,
Et sentant palpiter le cœur de l'Univers,
Nous disons, attendris, que là-haut quelqu'un veille !

Ces sourires, pourtant, ces rayons et ces fleurs,
Sont faits d'êtres broyés, d'épuisements, de pleurs,
Et pour que tout renaisse il faut que tout succombe !

Nature étrange, ô sphinx ! Quel est donc ton secret ?
Puis-je, ô Seigneur, bénir comme un juste décret,
Que tout berceau plein d'aube ait pour base une tombe ?

AUTOMNE

A Madame la Marquise de Blocoueville
née Princesse d'Eckmuhl.

SONNET

Le gai concert des bois s'alanguit et s'endort ;
La forêt frissonnante a pris sa teinte rousse ;
Les feuilles, mollement, tombent couvrant la mousse,
Les rameaux tremblent, nus, sous l'haleine du nord.

Ainsi mon cœur glacé par la bise du sort,
Voit tomber ses espoirs à la moindre secousse ;
Allez, fleurs de mon âme, où l'aquilon vous pousse,
Allez à l'oubli morne, au gouffre de la mort !

Rien ne se perd pourtant dans l'immense officine ;
Ce que la mort dissout, transformé, se combine,
Et refleurit plus tard dans un être nouveau.

Et tout renaît de tout : la force et la jeunesse,
Couvent chez le vieillard qui sous les ans s'affaisse,
Et du bois du cercueil sort toujours un berceau !

DERNIER RÊVE

SONNET

Il est trop tard, mon cœur! A quoi bon rêver d'Elle?
Etouffe tes soupirs, étrangle ton espoir!
Elle est la fraîche aurore... et toi l'ombre du soir;
Éteins, ô foyer mort, ta dernière étincelle !

Résigne-toi, pauvre âme, à replier ton aile !
Renonce à l'infini qui luit dans son œil noir!
Son regard, c'est le ciel que cherchait ton savoir,
Et pourtant, en l'aimant, tu serais criminelle!

Mais toi, suave enfant, je t'en prie à genoux,
Ne fixe plus sur moi ce long regard si doux.
Appel d'un paradis dont je dois fuir l'ivresse !

Adieu, mon dernier rêve, ô mon lis idéal !
Je suivrai désormais, sous un ciel automnal,
Le chemin sans soleil, sans fleurs et sans promesse !

ECCE HOMO !

SONNET

Par un décret d'en haut, tout caractère humain
Oscille incessamment entre la brute et l'ange ;
Pascal l'a fort bien peint : Pétri d'or et de fange,
Rêvant l'ordure et l'astre, il est géant et nain !

Mon âme se meurtrit contre un grand mur d'airain,
Et ne peut s'expliquer ce ténébreux mélange !
Pourquoi ? D'où venons-nous ? Hélas, ô nuit étrange !
Mes yeux pour te percer se sont usés en vain !

Par ce fait qu'on m'a mis, germe, au sein de ma mère,
Je suis, je sens, je souffre, et par un sort sévère,
Du fond de mon enfer je vois un coin de ciel !

Dès lors, en me tournant vers tous les vents de l'Être,
Je crie en ma douleur : Pourquoi m'avoir fait naître,
Puisque au sang de mon cœur se mêle autant de fiel !

INVIDEO QUIA QUIESCUNT !

SONNET

Déjà j'ai vu s'enfuir mes beaux jours de jeunesse,
Ma tête est moins altière et mon sang moins vermeil ;
Kronos, vieillard fatal, ce faucheur sans pareil,
Me suit de ses grands pas, et sans pitié me presse.

Roulant avec le flot, j'aspire, en ma détresse,
Au repos, à la paix, à l'éternel sommeil ;
Or, mon ancienne foi me parle d'un réveil...
Comment dois-je accueillir la divine promesse ?

9

Puisqu'être c'est penser, et penser c'est souffrir,
Puisque toute existence a ses douleurs certaines,
A quoi bon refleurir sur des sphères lointaines ?

Renaître mille fois c'est mille fois mourir !
Déjà mon triste cœur a compté trop d'années...
Je suis las de subir le jeu des destinées !

3 juillet 1888.

LE CIEL

Levabo ad cœlum manum meam et dicam ;
Vivo ego in æternum ?

Deut. XXXII.

SONNET

O sphères qui voguez dans l'espace sans fin,
Portez-vous des forçats comme notre âpre Terre ?
Connaissez-vous l'effroi, la haine, la colère.
Les pleurs, les vains espoirs, les luttes pour le pain ?

Ces globes enflammés dont l'univers est plein
M'attirent puissamment par leur troublant mystère ;
Mais, cloué sur ce roc, rongé par ma misère,
Je sonde en vain, hélas ! leurs lois et leur destin !

L'esprit aux bords de l'Être est saisi de vertige :
l sent part out la vie, et la raison l'oblige
A voir dans tous ces feux des nids d'humanités !

O mondes qui roulez dans cet azur sans borne !
Peut-être, abandonnant ma planète si morne,
J'irai souffrir un jour au sein de vos cités !

22 Juillet 1888.

A UN MAITRE

SONNET

S iècle géant ! LUI seul sut conter ta valeur !
U ne urne au Panthéon t'a pris ton chantre-athlète !
L 'Harmonie est en deuil ! Pleurant son interprète,
L a Muse prend sa lyre et va criant : Malheur !

I l a pourtant laissé bien des lauriers en fleur,
P oussés sous les rayons de sa flamme secrète !
R appelant son accent, sa chaleur de prophète,
U n disciple a repris son grand chant de douleur !

D ans ton robuste mètre, ô tendre philosophe,
H abile à peindre l'âme en ciselant la strophe,
O n sent battre et souffrir le cœur de l'univers !

M eurtri par l'âpre sort, las de sonder l'abîme,
M on esprit suit, rêveur, ton aile au vol sublime,
E t ma plume t'acclame en tête de ces vers !

1er *octobre* 1888.

A JULES SIMON

SONNET

A llez, fleurs de mon âme, allez à lui, mes vers !
J oignez votre humble voix à l'éclatant hommage ;
U ne élite a déjà, dans un plus haut langage,
L oué le grand penseur dont les Français sont fiers !

E n ce siècle d'efforts et de doutes amers,
S ouvent en nos esprits s'amoindrit le courage ;
S ouvent, quand, furieux, hurle sur nous l'orage,
I l semble que la mort plane sur l'Univers !

M ais alors ta parole, alors ta page, ô Maître !

O uvre à nos cœurs tremblants les profondeurs de l'Être,

N ous enseignant l'amour, le droit et le devoir !

A ujourd'hui même, au soir de ta noble carrière,

V ers toi notre œil se tourne altéré de lumière,

E t toi, montrant le ciel, tu rends à tous l'espoir !

                                        30 *Mars* 1889.

A L'ITALIE

SONNET

J e suis né, j'ai grandi sous ton ciel de saphir,
A u bord ensoleillé de ta mer transparente ;
I l m'est doux d'évoquer, pays du noble Dante,
M on premier rêve éclos sous ton tiède zéphyr.

E nfant, j'ai vu ces jours où, généreux martyr,
L e Français accourait à ta voix suppliante :
A s-tu donc oublié?... L'honneur s'en épouvante !
F aut-il te dire ingrat et traître au souvenir ?

R eviens, mère des Arts, de l'erreur qui t'égare !

A s-tu donc oublié tes grands morts de Novare ?

N e dois-tu pas aux Francs ta jeune liberté ?

C e peuple fut jadis ta seule sauvegarde ;

E t ses enfants couchés sous la plaine lombarde

Frémissent en leur tombe à tant de lâcheté !

28 *Septembre* 1888.

AUX PRÉCURSEURS

SONNET

Quand le peuple opprimé frémit et se soulève
Et trace avec son sang ses droits sur un drapeau,
Ses grands morts, les martyrs, rayonnent au tombeau,
Car ils n'avaient vécu que pour tailler son rêve !

Ces fiers et doux penseurs auraient voulu, sans glaive,
Rien qu'en prêchant leur foi, fonder l'État nouveau ;
Terrassés par la mort, leur tombe est un berceau :
Ils ont commencé l'œuvre et l'avenir l'achève.

Promettant le soleil, le printemps, le ciel bleu,
Vous confortiez les cœurs quand grondaient les tempêtes !
Gloire à vous, ô semeurs, purs et vaillants prophètes !

Vos noms sont à nos yeux la colonne de feu
Qui jadis au désert, divine auxiliaire,
Traçait pour les Hébreux un chemin de lumière !

9 Juillet 1889.

LA PRISE DE LA BASTILLE

SONNET

Quelle aube, et quel réveil ! Farouches niveleurs,
Ils avançaient toujours sans peur de la mitraille !
Et d'éclairs pleins les yeux, ils fixaient la muraille
Dont les pierres suaient d'inénarrables pleurs !

Ils se disaient tout bas leur peine et leurs malheurs
En s'excitant l'un l'autre à la sainte bataille...
Oui, le lion rugit ! Oui, ce peuple tressaille !
Un seul jour vengera des siècles de douleurs !

Un cri part : « A l'assaut ! » Sous l'effroyable grêle,
Ce flot d'hommes, d'enfants, de femmes, pêle mêle,
Bat les murs monstrueux qui vomissent la mort !

La Bastille est au peuple... et la main de l'Histoire
Allume un phare immense en la ruine noire,
Et la Justice humaine entre enfin dans un port !

14 *Juillet* 1889

ÉGALITÉ

SONNET

Notre origine à tous fut le ferment d'un germe
Dans le lointain des temps et dans un premier lieu ;
Ce grain d'humanité fut semé là par Dieu.
Qui lui fixa ses lois, et son rôle et son terme.

Quel que soit donc le sang qui court sous l'épiderme,
Qu'on soit blanc jaune ou noir, chrétien, bouddhiste, hébreu,
Qu'on s'appelle Bourbon, Gros-Jean ou Montesquieu,
Le ciel nous fit égaux dans un dessein bien ferme !

Chacun doit s'élever par ses propres efforts ;
Car, dans sa liberté, l'homme descend ou monte,
Et de lui seul dépend sa noblesse ou sa honte !

Pour flétrir les abus et redresser les torts,
Pour affirmer bien haut que nos droits sont les mêmes,
France ! on t'a vue à l'œuvre à des moments suprêmes !

Juillet 1889

SACRE

SONNET
POUR L'INITIATION RELIGIEUSE
DE
Mademoiselle Jeanne MACHIELS
29 Mai 1890

Je crois bien qu'aujourd'hui, Jeanne, sur ton passage,
Tu verras s'incliner plus d'une branche en fleurs ;
Ton front pur, ton blanc voile et tes fraîches couleurs,
De la rose et du lis sont la royale image !

Tous les chantres des bois viendront te rendre hommage ;
Rossignols et pinsons, te sachant un des leurs,
Voudront te souhaiter de longs jours sans douleurs,
Et tu sauras comprendre, enfant, leur doux ramage !

L'âme de la nature, exaltée en tes chants,
Te salue en ce jour, fête de ton printemps;
L'entends-tu? Que dit-elle en sa langue secrète?

« Toi qui, semblable aux fleurs, à la source, à l'oiseau,
M'as connue et chantée au sortir du berceau,
Je te bénis, enfant! Je te sacre, ô poète! »

A UNE ENFANT POÈTE

SONNET

A mon excellente Élève
Mademoiselle J. MACHIELS.

J e viens de lire, enfant, tes rimes et ta prose...
E crire en vers... déjà ! Car tu n'as que douze ans !
A ux deux coins de ta bouche on voit des restes blancs...
N ourrice, essuyez donc ce joli minois rose !

N aissant, tu sus chanter. Ton âme, à peine éclose,
E st une harpe d'or qui vibre à tous les vents ;
M élancolique ou gai, ce vol de sentiments
A ttendrit, charme, émeut l'esprit le plus morose !

C hante à nos sombres soirs ton radieux matin !
H élas ! mon doux printemps est déjà bien lointain...
I l neige sur mon front d'où la joie est bannie !

E ntre deux bords fleuris et sous un ciel d'azur,
L e flot clair de tes ans coulera toujours pur,
S cintillant au soleil et vibrant d'harmonie !

Paris, Novembre 1889.

SONNET NUPTIAL

A

MADEMOISELLE MARTHE REVEL

19 Mai 1889

M ai sourit dans les airs, sur les prés et sur l'onde ;
A son appel charmant s'éveillent les buissons ;
R ayons, fleurs et parfums, roucoulements, chansons,
T endresses et baisers font la terre féconde !

H armonieux salut pour le nid qui se fonde,
E clate au fond des bois un concert de pinsons...
E nfant ! Dieu qui mûrit l'épi d'or des moissons,
T 'accordera les biens qu'on souhaite en ce monde !

G arde ton charme exquis, garde ta noble ardeur,
A pporte au nouveau nid ton cœur de jeune fille !
S imple et bonne, tu fus l'ange de la famille !

T u seras au foyer la grâce et la splendeur !
O n bénira ton nom, car jamais ta demeure
N e sera sans pitié pour le passant qui pleure !

GENESIS

GENESIS

I

LA TERRE

N de ces jets ardents que le volcan solaire
Lança hors de ses flancs quand n'étaient pas les jours,
Se figea dans l'espace et roula solitaire,
Recevant du Destin l'orbite de son cours.

Et la Terre naquit ! — La sidérale épave,
Tourna pendant longtemps sur le gouffre désert
Sa flamme, ses vapeurs et ses torrents de lave,
Avant d'avoir l'humus pour son premier brin vert.

Quand l'effluve moins chaud put former les nuages,
Quand la sphère fumante eut concentré son feu,
L'écorce s'affermit, et, par l'eau des orages,
Le sol rendu fécond verdit sous le ciel bleu !

La sève, en circulant, nourrit les forêts vierges,
Vrais temples d'émeraude où de géants sapins,
Perçant les dômes frais, ressemblent à des cierges
S'allumant tous ensemble aux rayons des matins.

Les germes animaux en s'éveillant timides,
Mettent sous le feuillage un doux frémissement ;
Les fleurs penchent sur eux leurs corolles humides,
Semblant se réjouir d'un tel avènement.

Bientôt dans les halliers le concert s'enfle et monte,
Et l'ivresse de vivre éclate en mille cris ;
Le cerf et le lion et le lourd mastodonte,
Chantent l'hymne d'amour sous leurs touffus abris.

Des paons aux plumes d'or font ployer les ombrelles
Qui s'élancent du tronc des élégants palmiers ;
Sous des porches de lis passent des tourterelles,
Et sur la branche en fleurs roucoulent des ramiers.

Les cavales sans frein bondissent dans la plaine
Dressant vers l'horizon leurs frémissants naseaux ;
Le grand Leviathan, le dauphin, la baleine,
Et les poissons nacrés folâtrent dans les eaux !

Des calices ouverts s'exhale un doux arome
Que portent mollement les frais zéphyrs du soir ;
La mer a ses parfums et la forêt embaume,
Le globe dans l'espace est un vaste encensoir !

Et la Nature attend, jeune et riante et forte,
L'étreinte et le baiser d'un amant inconnu ;
Elle attend son seigneur, l'appelle, afin qu'il sorte
De l'ombre inconsciente où Dieu l'a retenu !

II

ECCE HOMO !

L'homme apparaît enfin. Où ? Quand ? Comment?—Mystère!
Mais c'est un sceau divin que l'éclair de ses yeux !
Sa chair, ses nerfs, son sang il les prit à la terre...
Mais l'éclat de son front s'alluma dans les cieux !

Quand d'un premier regard il parcourut ce monde,
Lorsque son premier pas foula le frais gazon,
Un doux salut jaillit des bois, des airs, de l'onde,
Le soleil lui sourit de l'extrême horizon !

Et des voix traversant ces profondeurs de l'Être
D'où partent les décrets de l'insondable Loi,

Disent à l'Univers que l'homme vient de naître
Dans un séjour nouveau dont il sera le roi.

Le jour allait mourir et la céleste lampe
Inclinait son grand disque au loin vers le Couchant ;
Alors, ce qui respire et marche ou vole, ou rampe,
Interrompit son cri, son sifflement, son chant.

Là-bas le ciel brûlait d'une lueur dernière
D'opale aux tons changeants, de pourpre aux franges d'or
Chênes majestueux, votre ramure altière
Dessinait sur ce fond un merveilleux décor !

Puis, ce foyer s'éteint ; et dans le saphir sombre,
Tels que des diamants en leur superbe écrin,
Ou tels que des regards qui s'ouvriraient dans l'ombre,
Les astres laissent voir leur cortège serein !

Sur l'Océan mouvant, sur la calme lagune,
Scintille en large bande un reflet argenté ;
Veillant sur ce repos, le croissant de la lune
Verse sur les coteaux sa tranquille clarté !

Assis près de sa grotte où le tapis de mousse
Semble offrir au corps las son verdoyant velours,
L'Homme a tout admiré... Sur l'arbre éclatait douce
La voix du rossignol qui chantait ses amours.

Que disait sa chanson ? — « Aimer nous aide à vivre ! »
Or, ce refrain suave obsédait notre aïeul ;
Le conseil était bon... Hélas, comment le suivre ?
Et son cœur s'étreignit... il se sentait bien seul !

— Oui, songeait-il, l'amour doit être un puissant charme,
Un flambeau d'espérance, une céleste fleur ! —
Et son œil se mouillait de la première larme,
Et son front s'inclina ployé par la douleur !

Soudain un poids étrange alourdit sa paupière,
Et veut fermer ces yeux que les pleurs ont rougis ;
Adam se lève alors de son siège de pierre,
Et cherche à regagner son rustique logis.

Engourdi, vacillant, il avance avec peine ;
Il peut atteindre enfin, par un dernier effort,
Son lit tout parfumé de menthe et de verveine...
Mais là son corps fléchit, il s'affaisse et s'endort !

III

LE RÉVE D'ADAM

Le silence est profond autour de la demeure
Lorsqu'un ange y pénètre, et de son aile effleure
Le front pur de celui qui, de l'Éternité,
Venait au sein du Temps fonder l'Humanité !
Adam peut voir alors, dans les brumes du rêve,
Défiler sous ses yeux les chers fruits de sa sève ;
Et les siècles futurs, conduits par le Destin,
Lui montrent en passant les faits du genre humain.
L'étrange vision se poursuit soutenue
Par les fréquents éclairs qui déchirent la nue.
Il voit l'homme, d'abord, vivre seul dans les bois ;
Puis, fondant la cité, se soumettre à ses lois,
Dépouiller par degrés ses rudesses premières.
Il voit les intérêts se grouper solidaires.

Le besoin engendrer les métiers et les arts,
Les progrès s'accomplir malgré tous les retards.
Que de luttes ! Quel choc de fratricides armes !
Combien d'espoirs déçus ! Que d'efforts, que de larmes !
Il voit surtout l'orgueil, fleur sinistre du mal,
Détourner bien des cœurs de l'auguste Idéal !
Satan triomphateur tourmenter ses victimes,
Les lancer, ricanant, dans de sombres abîmes ;
Les méchants prospérer et les justes pâtir...
Mais il voit bien aussi la grandeur du martyr,
Les nobles dévoûments, les féconds sacrifices,
L'effort pour corriger les hontes et les vices ;
La tendre charité qui se cache en donnant,
Et le devoir austère et l'honneur rayonnant !
La science fouillant les flancs de la nature,
Et cherchant le secret de l'humaine structure,
Epelant dans le ciel ce qui s'y trouve écrit,
Sondant en leurs rapports la matière et l'esprit !
Ici l'œil du savant plongé dans l'analyse,
Là-bas l'heureux fidèle à genoux dans l'église.
A côté du marchand, de l'âpre chercheur d'or,
Le poète inspiré donnant aux cœurs l'essor !
Il voit les nations monter et puis descendre
Et le Temps disperser aux quatre vents leurs cendres !
Mais leur œuvre survit : sans connaître le but,

Tout peuple l'entrevoit et lui laisse un tribut.
Voici l'Inde, d'abord ; ce grand fleuve est le Gange ;
De Brahma, sur ses bords, on chante la louange.
On y lit les Védas, on y vénère Agni,
Plus tard y naît Bouddha, le pur Schakia-Mouni.
L'Inde est le paradis, c'est l'étape première,
La matrice du monde, un berceau de lumière !
Éclose aux chauds baisers de ce soleil ardent,
La fleur des Aryâs s'effeuille en Occident,
Donnant Ménès au Nil, les Mages à l'Euphrate,
Zoroastre à la Perse, aux Hellènes Socrate ! —
Là-bas paraît géant Moïse au Sinaï,
Puis le psalmiste-roi, David fils d'Ishaï.
Un livre immense s'ouvre, et ses augustes pages,
Flambeaux étincelants, vont éclairer les âges. —
Quel est ce fort pouvoir qui s'étend au lointain ?
C'est Rome, c'est le cœur du colosse latin !
La vertu l'a grandi, puis son vice le mine...
Mais il sait rester grand, même dans sa ruine !

. . . .

ELI ELI, LAMMA ! !.... Quel soupir ! Quelle voix !
Et tombant à genoux, et les yeux sur la croix,
Le monde, travaillé par ses douleurs secrètes,
Se sent régénéré par ce Fils.... des Prophètes !
Épicure est vaincu : la coupe du plaisir

Se brise, et la remplace un plus noble désir.
Aristote et Platon et Térence et Virgile
Paraissent bien petits, tant est grand l'Évangile !
Les penseurs demandaient le mot de vérité....
La Bible, envoi du ciel, répondit : Charité ! —
Puis le torrent barbare, écumant, formidable,
Roulant de durs guerriers plus nombreux que le sable,
Arrive, écrase, arrache, éteint tout ce qui luit,
Le sang, le deuil partout... l'Europe est dans la nuit !
L'Art, le Droit ne sont plus ; un seul maître : le glaive !
Adam en tressaillit effrayé dans son rêve !
Il sent passer dans l'air un vent glacé de mort...
Et le juste agonise égorgé par le fort !
Tout se perd, tout s'efface en un chaos horrible...
Rien ne résiste, rien..... sauf ta puissance, ô Bible !
Par toi le flot s'apaise, et tous ces cœurs d'airain,
Sentant la loi d'amour, vont adorer leur frein,
Et bénir attendris cette Raison suprême,
Car l'homme enfin comprend qu'il n'est rien par lui-même !
Et ces tigres cruels, ces sauvages affreux,
Par son charme divin la Bible en fait des preux !
Mais le mal ne peut pas d'ici-bas disparaître :
Banni du cœur du peuple il rentre au cœur du prêtre !
Rome se gorge d'or et se souille d'abus,
Excite au sac, au meurtre... en invoquant Jésus !

Au nom d'un Dieu de paix, les successeurs de Pierre
Allument les bûchers et fomentent la guerre !
L'esprit enfin proteste, et l'art et la raison
Vont bientôt le tirer de l'étroite prison.
Adam, que vois-tu donc? Tu souris en ton songe...
Il voit la vérité confondre le mensonge,
L'horizon s'éclaircir, l'Idéal saint et pur
Se lever rayonnant du fond d'un ciel d'azur !
C'est le soleil des cœurs qui chauffe et qui féconde,
Il voit Colomb chercher et découvrir un monde,
L'appareil merveilleux aux mains de Gutenberg,
Puis un moine, Luther, prêchant à Wittemberg.
Il voit deux grands pays, l'Italie et la France,
S'unir près du berceau d'où sort la Renaissance !
Artistes et penseurs qui semez l'avenir,
Ralentissez vos pas ! l'aïeul veut vous bénir !
L'âme a pris son essor, la conscience humaine
Triomphe dans Paris la ville souveraine.
Salut, foyer béni du Vrai, du Beau, du Bien !

. . . .

Le brouillard s'épaissit, — Adam ne voit plus rien !

IV

> *Quæ est ista, quæ progreditur quasi aurora*
> *consurgens, pulchra ut luna, electa ut sol,*
> *terribilis ut castrorum acies ordinata?*
> (CANT. CANTIC. VI)

Mais son corps tout à coup sous la douleur tressaille :
Car la main du Seigneur pétrit, mesure et taille
Dans sa chair, dans son sang, même dans son cerveau,
Les premiers éléments d'un être tout nouveau ;
D'un être fin et doux, fait sur un pur modèle,
Ressemblant bien à l'ange et... n'en ayant pas l'aile !
Sous les beaux cheveux d'or, un visage parfait :
De frais boutons de rose y nagent dans du lait ;
Le front est rayonnant de grâce et de jeunesse,
Le regard, sous les cils, est noyé de tendresse.
Au fond de ses grands yeux, le divin artisan
A mis tous les reflets de '1instable Océan !

Les lèvres, de sourire et de baisers avides,
Font un écrin de poupre aux dents, perles humides ;
Le marbre palpitant de l'épaule et du sein,
Se courbe et s'arrondit en un charmant dessin.
Souple et d'un tour exquis, frêle et pourtant robuste,
La taille s'amincit sous les trésors du buste ;
Plus bas saillit neigeux, d'un éclat satiné,
Le flanc qui portera le fruit prédestiné !
La main est un joyau, le bras une merveille...

. . . .

Mais le jour apparaît ; l'Homme enfin se réveille,
Et voit l'ange de chair debout sous l'astre d'or....
Il soupire et s'attriste... il croit rêver encor.
« Hélas ! cet idéal, disait-il en sa plainte,
Si vivant dans mon cœur, est loin de mon étreinte !
Pourquoi, Seigneur, pourquoi me torturer ainsi ? »

. . . .

Eve sourit alors, et lui dit : ME VOICI!

Septembre 1889.

DÉCLIN DE SIÈCLE

DÉCLIN DE SIÈCLE

OTRE siècle se meurt ! Le siècle d'analyse,
D'efforts, et de succès, le grand siècle agonise !
Oui, demain, s'emparant du cadavre glacé,
Kronos le lancera dans l'ombre du passé.
Gouffre mystérieux et cimetière immense
Où tombe incessamment ce qui vit, ce qui pense !
Au seuil de cet abîme, émus et le front bas,
Nous entendrons bientôt retentir comme un glas
Dans le ciel infini, les trompes de la Gloire,
Annonçant que ce siècle est entré dans l'Histoire !
Qui saura célébrer l'œuvre de ce géant
Que je vois trébucher sur les bords du néant ?

Il naquit sous l'orage, et l'ombre de Voltaire,
Flottant sur son berceau, pétrit son caractère
De raison fine et forte où le sel eut son grain !
Le cri du nouveau-né fut un éclat d'airain
D'innombrables canons qui tonnaient aux frontières,
Où la France apportait ses nouvelles lumières !
C'est l'instant héroïque où les croisés du Droit
Vont convertir le monde... et le monde les croit,
Et cède à leur drapeau tout autant qu'à leur force ;
Car c'est la liberté que les aigles du Corse
Agitaient dans les airs par leur vol triomphant !

. . . .

Voilà ce que faisait ce siècle à peine enfant !

. . . .

Le rameau d'olivier au bec de la colombe
Parut enfin... bien tard ! Quel festin pour la tombe !
Mère, où sont donc tes fils ?— Tous morts, jusqu'au dernier !

L'Europe n'était plus qu'un horrible charnier !
Lorsque Napoléon tué par Sainte-Hélène
Eut rendu sa grande âme, on put reprendre haleine,
On jugea l'homme et l'œuvre, et l'on fut étonné
De les trouver si grands ! L'homme fut pardonné
En raison de son œuvre. Il avait fait les Codes,

Signé les Concordats, convoqué des Synodes,
Développé l'École, encouragé les Arts...
Tous ces progrès flottant aux plis des étendards,
Allaient porter au loin, merveilleuse semence,
La Révolution qui transformait la France !
Comment vous nommer tous, artistes et savants,
Grands morts qui, dans nos cœurs, restez toujours vivants !
Les uns passant les mers s'en allaient jusqu'au Caire
Interroger les sphinx, les colosses de pierre
Qui depuis trois mille ans, trop rigides gardiens,
Refusaient de livrer le secret des anciens !
Les autres, amoureux des purs échos du Pinde,   [l'Inde,
Traduisaient les chants grecs; d'autres cherchaient dans
Clair berceau des humains, sol de leurs premiers pas,
Les traces d'un passé dont parlent les Védas !
Cuvier, Humboldt, Geoffroy fouillaient dans la nature ;
Et Laplace, Arago, démontraient la structure,
Les lois, le mouvement du céleste Univers ;
Fulton, par la vapeur, nous faisait rois des mers;
Le ciseau de David, de Canova, de Rude,
Donnait la vie au marbre... Harmonieux prélude
Qui laissait pressentir le concert où, plus tard,
S'uniront la science, et l'industrie, et l'art !
Kant, Hegel et Schelling, ces maîtres philosophes,
Chateaubriand, Byron, par leurs superbes strophes

Aiguillonnaient l'esprit en montrant les hauteurs !...

Le siècle grandissait sous de tels précepteurs,
Et le sang généreux qui coulait dans ses veines
Enflammait son amour des choses souveraines :
Sur son front rayonnant d'une noble fierté,
On lisait ces deux mots : LUMIÈRE ET LIBERTÉ !
Et l'écho de Paris vibrant dans l'air du monde
Prêchant l'effort sacré, l'activité féconde,
Mâle et persuasif, dominait tous les bruits !
Aussi, quelle moisson ! Quels admirables fruits !
La pensée imprimée, en son vol plus rapide,
Ouvrait enfin à l'âme un horizon splendide !
Tous les noirs préjugés fondirent au soleil...
Le génie éclatait en un puissant réveil !
Ah ! quel temps vit jamais, sauf à la Renaissance,
Le spectacle étonnant qu'offrait alors la France ?
Hugo, barde inspiré, saluant cet essor,
Entonnait gravement son chant au timbre d'or
Qui bénit le travail, l'amour, l'honneur sublime,
Qui dit notre douleur... et qui flétrit le crime !
L'homme, se guérissant des puérils effrois,
Regardait d'un autre œil le martyr de la croix !
Des prêtres éminents, Lamennais, Lacordaire,
Rehaussaient la croyance en illustrant la chaire ;

La critique et les vers, la scène et le roman,
Animés d'un grand souffle, entretenaient l'élan !
Pour tous les intérêts de la cause commune
La France était forum, Paris était tribune !
Cousin dressait les cœurs par ses hautes leçons ;
Lamartine et Vigny charmaient par leurs chansons ;
Guzot, Thiers, Michelet, Villemain, Delavigne,
Sainte-Beuve et Quinet, Dumas, Musset le Cygne,.
Jean Reynaud, Bastiat, Comte, Proudhon, Courier,
Et Scribe, et George Sand, et Balzac, et Gauthier,
Et tant d'autres, formaient l'incomparable Ecole !
Tous princes de la plume ou rois de la parole !
Dans l'art, Ingres, Diaz, Delacroix et Scheffer
Qui peignit les amants vus par Dante à l'Enfer.
Rossini répandait sa douce mélodie...
L'espace était ouvert, l'âme y montait hardie,
Poursuivant sans repos l'Idéal éternel,
La colonne de feu du moderne Israël !
L'homme n'a plus qu'un but, qu'un seul rêve : être libre !
La vérité pour lui n'est plus aux bords du Tibre !
Il connaît mieux ses droits : il ne subira plus
Des tyrans couronnés le caprice et l'abus !
Il frémit quand les airs résonnent de la plainte
Des peuples opprimés. Paris, la ville sainte,
En démasquant les rois, leur crie : Assez, vautours !

Quand ce siècle eut atteint le milieu de son cours,
Tous les États d'Europe étaient pourvus de Charte.
Pris au piège infernal tendu par Bonaparte,
Paris devra ronger vingt ans encor son frein...
Mais rien n'arrête plus ton œuvre, ô genre humain !
Rien n'entravera plus votre marche, ô phalanges !
La vapeur merveilleuse active les échanges ;
On asservit la foudre et l'on fixe l'éclair,
Et l'on parvient enfin à voyager dans l'air !
Pasteur s'arme... il vaincra ! Renan et l'Analyse
Portent les derniers coups aux erreurs de l'Église !
La science en tous sens agite ses flambeaux,
La fièvre du savoir brûle tous les cerveaux !
La prospère Amérique abolit l'esclavage,
Puis, plus forte et plus digne elle reprend l'ouvrage !
Étonné, le vieux monde écoute la chanson
Que Longfellow lui chante... et bénit Édison !
Lesseps, frappant le roc de son bâton magique,
Fend l'isthme qui joignait l'Orient à l'Afrique.
L'Angleterre a Darwin, Stuart Mill et Spencer,
L'Allemagne a Mommsen, Hartmann, Schopenhauer.
Elle a Bismarck aussi !!... qui travaille en silence,
Aiguisant son couteau pour égorger la France !
Car jaloux de l'éclat de ce peuple béni,
Il conçoit le dessein, nouvel Alberoni,

D'éteindre à son profit ce flambeau de l'histoire...
Et le sort fut propice à l'entreprise noire
Dans bien des chocs sanglants ! Mais la France est debout !
Le monde a besoin d'elle et rien ne la dissout !
Certes, le coup fut dur... pourtant, il faut le dire,
Sedan fit quelque bien, car il tua l'Empire !
La France est libre, enfin, maîtresse de son sort,
Et prête à reviser le traité de Francfort !
O semeurs d'avenir ! O fiers et doux apôtres,
Hérauts de liberté ! Quels lauriers que les vôtres !
Gambetta, Thiers, Littré, Jules Simon, Ferry,
Ce grand pays saignait... votre foi l'a guéri !
Oui, la France est vivante et son esprit rayonne
Plus puissant que jamais ! Elle impose, elle étonne !
A cette heure où le siècle arrive à son déclin,
Tout comme à son début, elle ouvre le chemin !
Paris montre aujourd'hui, dans sa superbe fête,
Ce qu'il veut par son cœur, ce qu'il peut par sa tête !...
Avec le glas du siècle, allant où va le vent,
Se confondra son cri, sa devise : EN AVANT !

Nanterre, 3 Octobre 1889.

TRISTES VÉRITÉS

TRISTES VÉRITÉS

L A vérité sur terre est le fer sur l'enclume :
On la tord constamment par le mot, par la plume;
Je la décris ici : c'est un triste portrait !
    Le monde est ainsi fait.

Nous louons tous l'honneur et la lumière pure ;
Puis chacun suit, à part, la nuit, le mal, l'ordure,
Pardonnant tout exploit... quand il a réussi !
    Le monde est fait ainsi.

Chacun de nous poursuit son but ou sa chimère :
L'objet, de loin, est beau; mais, découverte amère !

Dès que nous le tenons, il perd tout son attrait :
     Le monde est ainsi fait.

On redoute la guerre, on maudit la bataille,
Qui met l'homme au tombeau, ses enfants sur la paille;
Et... l'on se bat toujours! La raison? La voici :
     Le monde est fait ainsi.

Quand l'amour grave au cœur les lignes d'un visage,
Rien ne saurait, croit-on, effacer cette image;
Souvent six mois après il n'en reste aucun trait!
     Le monde est ainsi fait.

« Puissiez-vous conserver votre santé si chère! »
Me dit mon bon docteur. — Voyons, est-il sincère?
Jamais à son souhait je ne réponds : merci!
     Le monde est fait ainsi.

Voyez-vous ce banquier? On l'admire, on l'écoute;
Et, pourtant, il a fait quatre fois banqueroute!
Un gueux dérobe un pain : Quel horrible méfait!
     Le monde est ainsi fait.

Pierre est un digne enfant. Du peu d'argent qu'il gagne
Il fait vivre les siens. Son père est mort au bagne...

Or,le patron l'apprend : « Va-t-en, gueux, hors d'ici ! »
     Le monde est fait ainsi.

Dans un salon mondain on mord quand on babille :
L'on déchire un ami, sa femme, ou bien sa fille ;
La victime survient et... l'accueil est parfait !
     Le monde est ainsi fait.

Jaloux de son renom, ce digne philanthrope
Fait publier ses dons par les journaux d'Europe ..
Et refuse une obole au mendiant transi !
     Le monde est fait ainsi.

Que de rêves, d'espoirs flottent sur cette noce !
Voyez la blanche épouse heureuse en son carrosse !
Jamais le lendemain ne répond au souhait !
     Le monde est ainsi fait.

Nous parlons de progrès et la lèpre nous ronge,
La lèpre de l'orgueil, du crime et du mensonge ;
Le vice va montant, comme un torrent grossi...
     Le monde est fait ainsi.

Ici, l'on rit, l'on danse, et tout front se déride !
Plus loin, l'enfant sans pain, la mère à l'œil humide,

L'ouvrier sans travail, amer, pâle et défait !
                    Le monde est ainsi fait.

Nous répétons souvent que la vie est trop brève,
Et pourtant, insensés, courant de rêve en rêve,
Nous gaspillons le temps devant nous rétréci...
                    Le monde est fait ainsi.

« La Cour ! »—Chacun se tait. On juge un grand coupable.
« Vos parents? »—« Inconnus. »— Ah ! que ce misérable
Ressemble au Président !—Vieux libertin ! Qui sait?!!
                    Le monde est ainsi fait.

Le tombeau nous fait peur ; nous tenons à la vie...
Pourtant, ceux qui s'en vont sont seuls dignes d'envie !
L'on préfère au repos l'angoisse et le souci !
                    Le monde est fait ainsi.

« Quand Paul parle de vous sa langue s'envenime ! »
— « Pourtant, il me doit tout ! »—Mais c'est là votre crime !
Vous êtes envers lui coupable d'un bienfait !
                    Le monde est ainsi fait.

A qui s'en prendre enfin, de nos hontes extrêmes ?
Certes, bien des malheurs dépendent de nous-mêmes !

Mais il faut accuser l'âpre nature aussi :
Le monde est fait ainsi.

Dans un sanglant duel, c'est l'offensé qui tombe :
Il défendait son droit, il a trouvé la tombe !
Qu'en pensez-vous, lecteur?—L'honneur est satisfait ! ! !
Le monde est ainsi fait.

La vérité sur terre est un fer sur l'enclume !
On la tord sans pudeur, par le mot, par la plume...
Le portrait que j'en fais n'est pas du tout noirci !
Le monde est fait ainsi.

Quand le cœur, frêle esquif naufragé dans la brume,
Sent monter menaçants les flots noirs d'amertume,
Une étoile apparaît dans son ciel obscurci...
Dieu nous console ainsi !

ÉCLAIRCIE

ÉCLAIRCIE

A Monsieur Eugène MANUEL.

ES rayons du couchant couvraient d'or la campagne :
Je rentrais de Paris. Mes enfants, ma compagne,
Ma mère aux cheveux blancs, étaient sur le perrn
Où grimpent le jasmin et le frais liseron.
Des yeux de chacun d'eux sortait une caresse...
Moi, je sentais mon cœur déborder de tendresse..
Soudain, je vois mon fils, un gamin de huit ans,
Brun, aux grands regards bleus, aux longs cheveux flottants,
Me fixer drôlement en cachant un sourire,
Comme ayant un secret et brûlant de le dire ;
Il lançait vers sa mère un expressif coup d'œil,
Et retardait mes pas en obstruant le seuil.

Puis, sa sœur, d'un regard comiquement sévère,
Semblait lui reprocher de trahir un mystère.
Je remarquais chez tous un singulier maintien...
Je flairais un complot,... pourtant je ne dis rien.
L'on me permit enfin d'entrer dans la demeure.
« Veux-tu déjà dîner ? » « Oui, j'ai faim, et c'est l'heure ! »
Puis, on me laisse seul dans la salle à manger,
Où j'admire les fruits frais cueillis du verger,
Et les reflets joyeux dont flamboyaient les verres.
L'air paraissait en fête. Il montait des parterres
Un pénétrant parfum, douce haleine des fleurs ;
Dans l'horizon lointain s'allumaient cent couleurs.
Les moineaux, les pinsons gazouillaient sur un hêtre,
Et ces flots d'harmonie, entrant par la fenêtre,
Chassaient de mon esprit les nuages trop noirs...

. . . .

Je saluais, pensif, la majesté des soirs...
Tout à coup, près de moi. s'élève un grand tapage :
« Bonne fête, papa ! Tiens, vois mon bel ouvrage !
« — Et le mien ! Allons, vite, ouvre donc cet étui !
« On l'a porté bien tard ! Quelle peur, aujourd'hui !
« Ce carton que voilà, c'est maman qui te l'offre,
« Et grand'maman te donne un joli petit coffre !
« Tu n'y pensais donc pas ? C'est le vingt-sept juillet !
« Tiens, la petite aussi vient t'offrir un œillet ! »

Les fleurs et les paquets couvraient toute la table
Et les baisers pleuvaient en averse adorable ;
L'air s'égayait toujours des refrains du pinson,
Mais mon cœur se berçait de sa propre chanson.
D'un ton fort compétent, je jugeais la couture ;
« Tiens, voici nos cahiers ! » « Ah, la belle écriture ! »
Je lus à haute voix la lettre de souhait :
Que c'était bien tourné ! Je trouvais tout parfait !
« Et maintenant, me dit mon espiègle fillette,
« Je vais te réciter des vers de ton poète ! »
La voilà déclamant d'un accent solennel
L'*Ecole*, un vrai bijou d'Eugène Manuel.
Puis c'est le tour du frère. Il était vraiment drôle,
En variant sa voix pour le besoin du rôle !

Quant à moi, très ému, regardant le ciel bleu,
Je murmurais tout bas : Merci, merci mon Dieu !
Pardonnez-moi, Seigneur, si parfois je blasphème,
Si j'ose critiquer votre dessein suprême,
Si, quand je sens mon cœur par le sort oppressé,
Je me plains et rugis comme un lion blessé !
Au-dessus de ce ciel, au delà de ce monde,
Tout est justice, amour, sérénité profonde ;
Quand le mal triomphant confond notre raison,
Ayons foi ! l'antidote est tout près du poison !

Dieu fait jaillir le bien du sein de la souffrance :
Même au seuil de la tombe il a mis l'espérance !
Et tout cœur qui gémit sous le doute étouffant,
A deux consolateurs, la nature et l'enfant !

Nanterre, 29 Juillet : 889.

ÈTRE !

POÈME

Versa est in luctum cithara mea!
(JOB XXX).

AVERTISSEMENT

Les idées exprimées dans le poème suivant ne doivent pas être considérées comme une profession de foi de l'auteur. Ces vers ont été écrits dans un de ces moments de défaillance auxquels sont sujets tous ceux qui, vivant de la vie intérieure et essayant de sonder les redoutables problèmes de l'existence, voient tout à coup s'ouvrir devant leur âme anxieuse, des abimes où toute croyance et toute espérance semblent devoir s'engloutir.

Sans doute, ces éclipses de l'Idéal sont bien douloureuses pour la conscience ! Mais celle-ci sort de ces épreuves, retrempée, cuirassée contre les atteintes de la vie, et contre la puérile terreur de la mort. Sa perception s'aiguise et s'affine, et elle en arrive enfin à sentir, dans l'ineffable sérénité qui plane au-dessus de nos nuages, de nos erreurs et de nos misères, une Raison, une Justice et une Bonté absolues.

V. G.

AU POÈTE DE LA *JUSTICE*

A

Monsieur SULLY PRUDHOMME

DE L'ACADÉMIE FRANÇAISE

Je dédie ces vers

A Monsieur V. GIAVI. *Villa du Liban*, NANTERRE.

Paris, 13 Décembre 1885.

MONSIEUR ET CHER CONFRÈRE,

J'accepte bien volontiers la dédicace que vous m'offrez si gracieusement de votre poème philosophique « ÊTRE ».

Veuillez, Monsieur et cher confrère, agréer l'expression de mes sentiments tout sympathiques.

SULLY PRUDHOMME.

13

ÊTRE !

I

RIEN n'existait, dit-on, lorsque l'Omnipotence
Fit naître tout à coup et la matière immense,
Et l'Espace, et le Temps, et cette trinité :
La Chaleur, la Lumière et l'Électricité,
Qui meut les éléments et qui rendit fécondes
Les profondeurs des cieux en les peuplant de mondes.
Chaque atome a reçu sa fonction, sa loi ;
Sans résister, il sert à son fatal emploi ;
Se combinant toujours sous des formes nouvelles,
Il monte du fumier jusqu'aux fleurs les plus belles.

Il va d'un astre à l'autre et poursuit dans les airs
Son éternel voyage au sein de l'Univers.
Le monde fut soumis à des lois nécessaires :
Depuis le ver chétif jusqu'aux splendides sphères
Tout suit le mouvement qu'un vouloir souverain
Fit subir à l'atome en son début lointain.
Tout se tient, tout s'enchaine, et, dans l'ordre des choses,
Nous voyons les effets : Dieu seul connaît les causes !
Le hasard n'est qu'un mot qui sert à l'ignorant
Pour cacher les défauts de son esprit trop lent.

. . . .

Quand le séjour fut prêt, Dieu fit l'homme et la femme..
Pourquoi? Lui fallait-il le spectacle d'un drame?
Être parfait, je crois, c'est ne manquer de rien ;
Or, Dieu créa le monde... il s'ennuyait donc bien?!
Oui ; de tous les écueils où, depuis ma jeunesse,
Se heurte et se meurtrit ma raison en détresse,
Voici le plus cruel qui se dresse au début :
Par la création Dieu se propose un but,
Satisfait un désir et réalise un rêve ;
Ayant commencé l'œuvre il veut qu'elle s'achève ;
Il aspire, en un mot, comme un simple mortel,
A toujours augmenter son bonheur personnel...
Dès lors il n'est plus Dieu : Ce n'est point là cet Être
Sage, infini, parfait dont m'a parlé le prêtre !

Son défaut, à bien voir, est dans sa liberté !...
Faudra-t-il me tourner vers la Nécessité ?
Vers un pouvoir aveugle, immense, irrésistible,
Boulet fendant les temps sans canon et sans cible,
Semant sur son passage et la vie et la mort,
Sourd aux plaintes du faible écrasé par le fort ?
Non, non ! Je ne puis pas refuser à la Cause
La grandeur de l'effet : la conscience éclose !
Ma raison me l'affirme et je le crois, il faut
Que celui qui m'a fait soit plus grand et plus haut !
Si je pense et je sens, si j'analyse et souffre,
Moi, vermisseau perdu dans l'horreur de ce gouffre,
Combien plus doit pouvoir mon auteur inconnu
Se connaître et savoir pourquoi tout est venu !

I

Hélas! comment vous suivre en vos pieux sophismes
O Docteurs vénérés, auteurs de Catéchismes!
Car vous nous engagez à dire à Dieu ceci :
« Pour nous avoir créés, Seigneur, cent fois merci!
Béni soit le Seigneur pour le pain qu'il nous donne,
Pour nos douleurs aussi, car l'épreuve en est bonne;
Pitié, pitié de nous ! pardon pour nos péchés,
Pour nos sens corrompus, pour nos cœurs desséchés ! »
Oui, j'ai longtemps prié, le front dans la poussière,
Croyant à la justice, attendant la lumière !
Il me souvient qu'enfant, le matin et le soir,
Je m'élançais vers Dieu comme un pur encensoir ;
Puis, plus loin du berceau, marchant d'un pas plus ferme,
Quand le doute en mon cœur posa son premier germe,
Je voulus, indigné, combattre le démon,
Pour rester de mon Dieu l'enfant soumis et bon.

C'était encore aisé, car je gardais l'empreinte
Mise dans mon esprit par ma mère, une sainte !
J'étais bien jeune, alors ; pourtant ma plume osa
Flétrir ton panthéisme, ô géant Spinoza,
Dont le Dieu pense en l'homme et végète dans l'arbre,
Se vautre avec la brute ou forme un bloc de marbre !
L'obscure Volonté d'Arthur Schopenauer
Me paraissait l'erreur d'un esprit trop amer.
Il me fallait un Dieu roi du Temps, de l'Espace,
Dont les yeux sont partout, dont tout porte la trace,
Suprême espoir de l'humble et dompteur des hautains.
Qui vers l'Éternité dirige nos destins !
Un Dieu vivant et libre et source de tout être,
Vers qui tout doit monter et qui nous a fait naître
Pour accomplir par nous un dessein merveilleux !
Littré, Darwin, Spencer, me semblaient orgueilleux :
Je croyais leur système érigé sur du sable,
Puisque pour eux un Dieu n'est pas indispensable !
Hélas ! Quand, voyageur perdu dans les déserts,
Soupirant après l'eau, l'ombre, les palmiers verts,
Je me croyais enfin près du divin bocage...
J'étais, ô sort cruel, le jouet d'un mirage !
J'ai mes pleurs pour toute eau, le Simoun pour tout bruit,
Un soleil aveuglant... qui ressemble à la nuit !
Pourtant sans blasphémer j'aurais suivi ma route,

Si le serpent maudit, l'épouvantable doute
Qui rampait à mes pieds, ne m'eût soudain surpris
Et ne m'eût enlacé dans ses hideux replis !
Tout mon sang fut glacé par cette étreinte impure,
Et mon cœur se tordit sous l'horrible morsure !
Je sentais s'écrouler mes beaux rêves abstrus...
Ce qui sort de l'esprit, hélas ! n'y rentre plus !
Et je saigne toujours. — Parfois, cherchant un baume,
Je murmure en pleurant l'hébreu de quelque psaume,
Le cri navrant poussé par le plus saint des rois,
Répété par Jésus se mourant sur la croix !...
Mais le ciel est de bronze et mon élan s'y brise...
Et qu'importe au Destin si le juste agonise ?

III

Lorsque je lis Pascal, je demeure étonné
Qu'un penseur si profond se soit abandonné
Sans révolte et sans cris aux dogmes de l'Eglise !
Pour tomber à genoux au plus fort de la crise,
Que voyais-tu, Pascal, ô Titan de l'esprit ?
C'est ton secret, hélas ! tu ne l'as pas écrit !
Il me paraît certain qu'avec ton regard d'aigle,
Tu devais mesurer l'âpreté de la règle
Qui fait du monde un piège et de l'homme un martyr,
De l'existence un mal dont on voudrait sortir !
Tu sentais tous cela : pourtant, pas un murmure !
Voyais-tu des clartés que ma pensée obscure
Ne sait point percevoir ? Ou bien, croyais-tu bon
Que l'homme foule aux pieds son cœur et sa raison ?
Qu'il doive comprimer sa clameur qui s'échappe,
Baiser, reconnaissant, le fléau qui le frappe ?

Si Dieu lit dans les cœurs, il peut voir que l'orgueil
Est vraiment étranger aux causes de mon deuil,
Il sait qu'on me verrait, sous la loi de justice,
Humble, heureux de mon sort, ivre de sacrifice !
J'ai voulu bien souvent, dans un sincère effort,
Trouver que tout est bien et que moi seul j'ai tort !
Parfois, me défiant de ma propre logique,
J'interroge Platon ou le fils de Monique ;
Leur esprit est plus haut, leur jugement plus sain :
Je vais vers ces géants, moi qui ne suis qu'un nain,
Et je leur dis ceci : Docteurs, voyez ma peine !
Vous, la gloire et l'honneur de la nature humaine,
Avant d'être croyants, vous avez bien souffert,
Vous avez éprouvé la soif dans le désert !
Ayez pitié de moi ! Venez donc à mon aide !
Vous connaissez mon mal : Quel en est le remède ?
Lorsqu'ils m'offrent enfin, touchés de mes tourments,
L'élixir distillé de tous leurs arguments...
Je m'en empare, avide, et le porte à ma lèvre...
Mais mon espoir est vain : rien ne guérit ma fièvre !
Où trouverai-je enfin le mot de vérité ?

. . . .

Dans la Bible !! Elle a dit que tout est vanité !

IV

Moi, je sonde un abîme, et vous, ô laboureurs,
Vous chantez en liant les gerbes dans la plaine ;
Vos destins sont moins durs que ceux des empereurs,
      Car votre âme est sereine !

Moi, je cherche, éperdu, le principe et la fin,
Interrogeant les cieux sur notre raison d'être ;
Vous, tranquilles et forts, vous préparez le pain
      Par le travail champêtre.

Pourtant ces grands bœufs roux qui creusent le sillon,
Sont encor plus heureux, car leur matière épaisse
Sent à peine l'effort que fait votre aiguillon
      Pour vaincre leur paresse.

Sentir, vouloir, penser, sont d'incurables maux
Que l'homme, en son orgueil, appela privilèges ;
La nature qui fit les cœurs et les cerveaux,
       Sait nous prendre en ses pièges !

Et pour mieux nous tenir elle inventa l'amour,
Qui nous fait, pauvres fous, perpétuer la race ;
Elle triomphe et rit quand l'enfant naît un jour,
       Quand un couple s'embrasse.

Je n'étais pas, je suis ! Un arbitre inconnu
M'éveilla du Néant et m'imposa de vivre...
Or, me voici brisé du combat continu
       Que le destin me livre !

A quoi sert de nos ans la morne floraison ?
Nous laissons nos espoirs aux ronces de la route ;
Et Dieu mêla pour nous au miel de la raison
       L'âpre venin du doute !

  met dans cette chair dont nos corps sont pétris,
Le feu des vils plaisirs, l'impur ferment des fanges ;
Puis, ô tourment ! il donne à ces tas d'os flétris,
       Les visions des anges !

Notre esprit se débat dans un cercle de fer,
Et se blesse aux barreaux d'une inflexible règle ;
Car nous avons, hélas, les ressources du ver
      Et les besoins de l'aigle !

Nous distinguons le bien et nous suivons le mal,
Sans posséder la clef de ce double mystère ;
Pourquoi nous indiquer un céleste Idéal
      A nous fils de la terre ?

Et c'est là le seul phare éclairant notre nuit...
Mais combien mieux vaudrait l'obscurité complète !
Puisqu'il faut ignorer le but que l'on poursuit
      Sur la triste planète !

Je vois partout le faible égorgé par le fort,
Et ne puis pas moi-même observer la justice :
Il me faut absorber, pour éviter la mort,
      Le sang du sacrifice !

J'ai prêché bien longtemps comme une vérité,
Que l'homme est responsable et que nos cœurs sont libres.
Il n'en est rien ! Je vois que la fatalité
      Fait seule agir leurs fibres !

Tous, tels que nous soyons, raisonnables ou fous,
Quand nous croyons vouloir sans aucune contrainte,
C'est un occulte agent qui fait vibrer en nous
    Le désir ou la crainte !

Comment s'en affranchir, et comment repousser
L'invisible réseau des causes nécessaires ?
Je l'ai tenté, parfois… Je n'ai fait qu'entasser
    Misères sur misères !

Nul ne peut déjouer cet infernal complot
Qui se trame dans l'ombre et dont on est victime ;
Le plus sage est celui qui s'abandonne au flot,
    Sans songer à l'abime !

Devant vos pleurs amers, frères infortunés,
Je me sens tout ému d'une pitié profonde !
Vous êtes comme moi de pauvres condamnés,
    Les forçats de ce monde !

Mais le sort envers vous se montre plus clément :
Il endort vos douleurs ; parfois vous pouvez rire…
Moi je n'ai point de trêve : il sort à tout moment
    Un sanglot de ma lyre !

Que ne puis-je imiter ces vendangeurs joyeux
Qui mêlent leurs refrains en gravissant la côte !.....
— Tu voulais, ô penseur, escalader les cieux ?!
      Sois puni de ta faute !

V

Mon cœur gémit pour vous, ô travailleurs des mines !
Vraiment si l'homme est roi, sa couronne est d'épines !
Vivre dans l'antre noir, sans fleurs et sans soleil,
Souffrir, puis retomber dans l'éternel sommeil...
Tel est votre destin ; le vermisseau qui rampe,
Le papillon qui vole autour de votre lampe,
Et les oiseaux du ciel et les fauves des bois,
Sont plus heureux que vous, ô lamentables rois !
A quoi pense un mineur pendant que sous la pioche
S'entassent les fragments détachés de la roche ?
N'arrive-t-il jamais qu'essuyant sa sueur,
Il se demande enfin, farouche en sa douleur,
De quel droit le destin, iniquité profonde !
L'a tiré du néant et l'a mis en ce monde !
En vertu de quel code ou de quel jugement
Le ciel inflige à l'homme un pareil châtiment !

Et puisqu'il plut à Dieu de l'appeler sur terre,
Pourquoi d'autres dans l'or et lui dans la misère?
Il ne passe ici-bas que pour porter un deuil,
Car tout est noir pour lui, de l'enfance au cercueil !
Quelle étrange équité ! Dieu, le grand semeur d'àmes,
Fait naître celui-ci d'un couple aux mœurs infàmes,
Tandis que celui-là reçoit, dès le berceau,
Un guide honnête et sûr du cœur et du cerveau !

VI

Si je me plains des maux dont le Destin m'abreuve,
Le prêtre me répond qu'il faut bénir l'épreuve
Qui nous vient du Seigneur ; que la coupe de fiel
Est le seul talisman pour nous ouvrir le ciel !
Ah ! ma raison s'indigne et, c'est là mon supplice,
Je sens frémir en moi l'Idéal de Justice,
Ce besoin invincible, ardent, de vérité,
Qui requiert pour chacun ce qu'il a mérité !
Dans mes jours inquiets, dans mes nuits d'insomnie,
Je cherche à m'expliquer cette atroce ironie,
A sonder les desseins de l'Arbitre absolu,
Car s'il en est ainsi c'est Lui qui l'a voulu !
C'est par Lui que je vis, c'est par Lui que je pense...
Et ses lois, cependant, troublent ma conscience.
Tout se meut ici bas par d'abjects appétits,
Par l'effort chez les grands pour broyer les petits !

Voyez tous ces passants se croisant par la ville :
Leurs buts sont différents, mais tous ont pour mobile
De tromper leur prochain ; chacun songe, en marchant,
Au moyen de sembler moins laid ou moins méchant !
Et moi, faisant comme eux, je ne puis que les plaindre,
Car une loi féroce est là pour nous contraindre !
Malheur, trois fois malheur à l'honnête, au naïf :
L'on passe sur son corps en le traitant d'oisif !

VII

Caïn, étais-tu libre en assommant ton frère?
Par ce sang innocent dont se teignit la terre
Satan a commencé l'œuvre occulte du mal,
Asservissant nos cœurs à son plan infernal !
Quel est donc ce pouvoir caché dans les ténèbres?
Quel est enfin le but de ses efforts funèbres,
Lorsqu'il souffle la haine au sein de la cité,
Quand il fait de la guerre une nécessité?
Quel fruit récolte-t-il des passions qu'il sème ?
J'use mes jours, mes nuits, penché sur ce problème ..
Et souvent, éperdu, je sens fléchir sous moi
L'appui cher et béni de mon ancienne foi !
« Le mal, dit Augustin, provient du Libre Arbitre :
Dieu n'en est pas l'auteur. » — Méditant ce chapitre
En ses détours subtils, je voudrais, mais en vain,
Me soumettre aux raisons de l'évêque africain !

« Le mal en soi n'est pas, c'est un vide, une absence... »
— Oui, tant que vous voudrez, mais il fait ma souffrance !
Élément négatif, abstrait ou quoi qu'il soit,
Il sait bien nous meurtrir, mon cœur s'en aperçoit !
Le mal ! C'est le cancer qui ronge la nature,
La vie est son domaine et l'homme est sa pâture !
Il vient nous torturer sous mille aspects divers :
C'est le feu des étés, la bise des hivers,
C'est l'adieu douloureux pour qui part, pour qui reste :
Tantôt c'est la famine et tantôt c'est la peste ;
La vapeur souterraine ou la rage des flots,
Grisou pour les mineurs, grain pour les matelots ;
C'est l'égoïsme haineux, c'est l'implacable lutte,
L'or qu'on cherche en rampant, le pain qu'on se dispute ;
C'est la plaine sanglante, où la voix des clairons
Lance un salut sinistre au choc des escadrons !
C'est l'amour dédaigné, la jalousie atroce,
C'est le temps nous traînant dans sa course véloce,
Ridant les plus beaux fronts, blanchissant les cheveux,
Paralysant la lèvre où couraient les aveux !
C'est la faux de la mort moissonnant ceux qu'on aime,
Le souvenir poignant de leur regard extrême !
Le mépris d'aujourd'hui pour l'idole d'hier ;
Les défauts d'un savoir dont on était trop fier !
C'est l'honneur qui faiblit, l'amitié qui se lasse,

Le désir trop tendu dont le ressort se casse ;
C'est la soif du bonheur qu'on ne peut définir,
Qui fuit quand, insensés, nous croyons le tenir !
La torture du corps et la fièvre de l'âme !
C'est la pensée, enfin ! la dévorante flamme
Qui consume nos cœurs, notre foi, notre espoir,
N'éclairant que les bords du gouffre immense et noir !

L'on soutient, cependant, que le mal, cette pieuvre,
Naît de la volonté, qu'en somme il est notre œuvre !
Que Dieu fit l'Univers excellent et parfait...
Je suis dans l'Univers et c'est Dieu qui m'a fait !
Ma volonté? Qu'est-elle? Un produit fort complexe !
Ce qui décide un homme alors qu'il est perplexe,
Ce qui pousse ou retient, le frein ou l'aiguillon,
C'est l'invisible jeu d'un puissant tourbillon
De causes et d'effets qui, fatal, nous emporte,
Ainsi que l'Aquilon fait de la feuille morte !
Libre? Oui, je le suis un peu moins que l'oiseau...
Le destin c'est le vent, moi, je suis le roseau !

VIII

Amis qui souriez en écoutant ma plainte,
Respectez ma douleur, car la douleur est sainte !
Vous dites : A quoi bon se tourmenter l'esprit
Pour voir clair au-delà du terme circonscrit ?
Profitons du présent ! Vois, le soleil ruisselle
Sur les riants coteaux, vois la nature est belle !
Là-bas Paris rayonne ; entends-tu ce grand bruit ?
C'est le travail humain dont on bénit le fruit,
L'œuvre de tous pour tous, c'est le progrès énorme
Par quoi l'humanité s'élève et se transforme !
Vois, l'esprit s'émancipe, il a brisé ses fers...
Pourquoi t'ensevelir dans tes regrets amers ?
Viens donc ! puise au plaisir ! C'est bon le jus des treilles,
C'est beau deux grands yeux bleus et deux lèvres vermeilles !
— Or ça, mes bons amis qui trouvez que j'ai tort,
Croyez-vous que mon cœur se complaît en son sort ?

M'estimez vous donc fier, comme d'un avantage,
De marcher sur la ronce et de subir l'orage?
Je voudrais bien pouvoir m'enivrer de printemps,
De clartés, de parfums, d'un front de dix-huit ans !
Je bénis le progrès : Qu'il serait doux de croire
Que le bonheur humain est le but de l'histoire !
Je t'admire, ô Paris, l'étoile est sur ton front...
Marche en avant toujours, les peuples te suivront !
Quand on songe au passé, quand le penseur confronte,
Il doit bien saluer l'humanité qui monte !
Oui, je vois ces rayons du vrai, du bon, du beau...
Mais quelle horrible nuit autour de ce flambeau !
Et l'horreur me saisit, et cette nuit m'obsède...
Je voudrais résister, mais il faut que je cède.
Alors, en plein printemps, je sens frémir l'hiver ;
Point de chaleur au cœur, point de parfums dans l'air !
L'amour? Je l'analyse : il perd, dès lors, ses charmes,
Car je pressens de loin les rides et les larmes !
Dans le suave instant de l'entretien à deux
Bien malgré moi, j'évoque un spectacle hideux !
Ces yeux bleus d'où jaillit une flamme divine,
Ne sont plus que deux trous fourmillant de vermine !
Ces bras doux, satinés, dont je suis enlacé,
Que vont-ils devenir dans le cercueil glacé?
Et ce nid de baisers, la bouche avide et fraîche,

Devra subir le sort que rien, hélas, n'empêche !
Ce visage parfait qui sourit pour moi seul,
Sera décomposé sous les plis du linceul !
Ces seins de marbre pur où court la main distraite,
Ne se retrouvent plus sur l'horrible squelette !
Et l'épouse ? et l'enfant ? — Ah ! mes pauvres aimés !
Faut-il parler de vous ? Si je vous ai nommés
C'est que je suis la voix qui veut et doit tout dire !
Rien ne peut contenir ma frémissante lyre !
Oui, ce lien si doux, le saint nœud conjugal,
Qui l'a vraiment conclu ? C'est l'accident banal !
L'épouse qui devient la moitié de moi-même,
Un autre eût pu l'avoir, par sort ou stratagème !

IX

Le Progrès ! — A cette heure où je rêve et j'écris,
J'entends les nations l'acclamer dans Paris !
Oui, le travail sacré, le génie et l'étude,
Font que le genre humain poursuit sans lassitude,
D'un pas toujours plus vif, d'un élan souverain,
Son chemin lumineux vers un but... incertain !
Dans l'Océan du Temps, précédé par la gloire,
Je le vois s'avancer, le vaisseau de l'Histoire !
Et, j'applaudis, pensif... Car, hélas, malgré moi,
Tout en vous saluant, efforts, auguste loi,
Chaires, chantiers, comptoirs, ateliers, sainte école,
Je songe aux écrasés sous le char de l'idole !
A l'humble pionnier qui s'affaisse rendu...
Vous regardez la masse, et moi l'individu !
Je le plains, ce martyr ! Quand il pousse à la roue,
Les pleurs et la sueur se mêlant sur sa joue,

Il s'épuise en efforts, lui, vivante unité,
Pour un total abstrait qu'on nomme : Humanité !
Il naît, il souffre, il meurt, ne laissant point de trace,
Dans le tumulte humain son souvenir s'efface !
Et, globule sanguin dans le corps d'un géant,
Ayant rempli son rôle, il retourne au néant !
Corrigeant notre état, nos rapports, notre code,
Le Progrès rend la vie... un peu moins incommode ;
Souverains de la foudre et maîtres de l'éclair,
Nous apprendrons bientôt à voyager dans l'air ;
L'homme, pour se mouvoir, n'a plus assez du globe ;
Nous habillons la nuit du blanc manteau de l'aube ;
Rien ne peut fatiguer notre nouveau coursier
Dont le cœur est de flamme et le jarret d'acier !
Que dis-je ? La vapeur n'est plus assez rapide,
Et nous avons bien mieux : Ce merveilleux fluide
Qui porte au loin les sons, et bientôt, je le crois,
Transportera l'image aussi bien que la voix !
Il n'est plus de porcher qui n'écrive et ne lise,
Les préjugés s'en vont chassés par l'analyse.
Le droit des gens, cet aigle, est sorti de son œuf ;
Son aile nous défend depuis quatre-vingt-neuf.
Le savoir s'offre à tous : le journal et le livre
Font que l'humanité s'écoute et se sent vivre ;
Certes, c'est beau, c'est grand, et cela fait honneur...

Mais… gagnons-nous, en somme, un peu de vrai bonheur ?
L'homme est-il plus joyeux ? Son front, hélas, plus sombre,
Dit que plus de lumière a révélé plus d'ombre !
C'est que tous ces progrès, sous leurs superbes fleurs,
Cachent l'aspic maudit, le guêpier de douleurs !
Parfois, fermant les yeux, je revois nos ancêtres,
Lorsqu'ils rentraient le soir de leurs travaux champêtres ;
Par les sentiers fleuris les gars donnaient souvent
Aux fillettes leurs mains et leurs chansons au vent !
Leur sourire éclairait leurs traits au teint aduste,
Leur repas était gai, leur faim était robuste !
S'ils riaient plus que nous c'est qu'ils savaient bien moins :
Il leur fallait si peu pour calmer leurs besoins !
Ils croyaient au Nocher ! Leur foi simple et naïve
Les gardait du danger d'aller à la dérive !
S'ils se plaignaient parfois d'un maître injuste et dur,
Ils regardaient le ciel, et puisaient dans l'azur
La force de souffrir, la douce patience,
Et leurs pleurs s'arrêtaient, séchés par l'espérance !
Ah ! nos ciels sont moins bleus, nos horizons moins beaux,
Troublés par les jets noirs de nos puissants fourneaux !
Ce Dieu consolateur, l'âge actuel le nie :
Si l'on en parle encor, c'est avec ironie !
Les uns cherchent leur Dieu dans des coffres bien pleins,
D'autres, les nobles cœurs, se sentent orphelins,

Craignent la solitude, et, trouvant le ciel vide,
Maudissent en pleurant la raison déicide !
D'autres enfin, doués d'un heureux naturel,
Disent que notre état n'a rien de bien cruel ;
Pour eux le monde suit sa marche régulière :
Les dieux d'abord, puis Dieu, puis enfin la lumière !
« Saluons, prêchent-ils, l'ère de vérité !
Le Dieu qu'il faut servir s'appelle : Humanité ! »
J'en voudrais dire autant ; mais j'avoue, et sans honte,
Que je ne comprends pas ces disciples de Comte.
Dieu les embarrassait ; dès lors il ont voulu
Interdire au public le seuil de l'Absolu !
Lorsque, dans le désert, on leur demande à boire :
« Comment, vous avez soif? Oh, la plaisante histoire !
La soif est inutile : à quoi sert-elle ? et l'eau
N'est qu'une illusion qui hante le cerveau ! »
Le Progrès, ce maçon de l'œuvre sociale,
Sur les temples détruits bâtit sa cathédrale.
Voyez le nom du Dieu gravé sur le portail !
Le prêtre est le savant, l'autel est le travail.
Sur le trône divin, fait d'or et de porphyre,
Est un miroir... et là l'humanité s'admire !
Mais vous, cœurs qui saignez, pauvres chercheurs meurtris,
Vous trouverez, hélas, ce Dieu sourd à vos cris !
Il est impersonnel ; c'est un fantôme étrange

Qui, gorgé de nos dons, ne rend rien en échange !
Oui, qu'importe à ce Dieu si vos yeux sont mouillés,
Si des plus chers espoirs vous êtes dépouillés ?
Le Progrès, c'est la fièvre et c'est la soif ardente,
La louve insatiable aux traits décrits par Dante ;
Il fait, sans assouvir son immense appétit,
L'Humanité plus grande... et l'homme plus petit !

X

Un concert de sanglots montant de la poussière
Dit : Quel que soit ton nom, suprême Volonté,
Que tu sois la Grandeur, la Force ou la Lumière,
      Tu n'es point la Bonté !

Jouet de tous les vents, misérable et fragile,
Je dois courber mon front ! Mais je maudis l'instant
Où le souffle divin a transformé l'argile
      En un corps palpitant !

L'été vient pour mûrir les fruits, les blés, les seigles,
L'arbre est fait pour l'oiseau, le printemps pour la fleur,
La mer pour les poissons, les hauts pics pour les aigles,
      L'homme pour la douleur !

Ah ! depuis trop longtemps je subis sans me plaindre
L'injuste arrêt du sort contre moi prononcé !
Trop longtemps à genoux, j'ai voulu me contraindre...
    Me voici redressé !

Et debout, frémissant, j'attendrai que la foudre
Vienne m'abattre enfin comme un chêne des bois ;
Ma conscience est là pour juger, pour m'absoudre,
    Quand je maudis ma croix !

Car ce haut sentiment, car ce guide farouche,
Rien ne le peut fléchir, et jamais il ne ment ;
C'est lui qui, révolté, fait sortir de ma bouche
    Un fier rugissement !

Pourtant c'est Dieu lui-même, ô cruelle ironie !
Qui fait parler en moi ce juge souverain !
Cette brûlante soif d'équité, d'harmonie,
    Est un don de sa main !

L'épi ne se plaint pas quand on l'attache en gerbe ;
La poudre du mineur n'émeut point le rocher ;
Et le mouton attend dans un calme superbe
    Le couteau du boucher !

Ne nous enviez pas, blondes moissons des plaines !
Pour vous point de raison, aussi point de terreur !
Tu ne sens rien, ô meule, en écrasant les graines
　　　Espoir du laboureur !

Sa suprême faveur, Dieu la réserve aux hommes !
Nous voyons l'Idéal à travers nos barreaux !
Et par ce don fatal nous savons que nous sommes
　　　Victimes et bourreaux !

Venez, ô doux pasteurs dont le zèle louable
Cherche à sécher nos pleurs... en citant des canons !
Ne vous éloignez pas... je ne suis pas le diable !
　　　Venez et raisonnons !

Si le hasard brutal était maître du monde,
Si le Chaos était l'auteur de l'Univers,
Je subirais sans cris cette existence immonde,
　　　Dédaignant mes revers !

Mais non : C'est librement que la Force inconnue
Fit l'homme tel qu'il est et qu'elle ourdit son sort ;
Un dogme nous le dit. Dès lors rien n'atténue
　　　La noirceur de son tort !

Mes griefs, les voici : Dieu, d'abord, m'a fait naître...
En avait-il le droit? L'avais-je demandé?
C'est fort simple et c'est clair ; veuillez le reconnaître,
    Mon reproche est fondé !

Ne me répondez pas qu'il l'a fait pour sa gloire,
Qu'au bout de tous nos maux fleurit un dernier bien ;
Ce sont là des mots creux ; la raison et l'histoire
    Disent qu'il n'en est rien !

Il lui faut donc la gloire? Y songez· vous, mes pères!
Pour cet Être absolu quel mesquin appétit !
Peut-on attribuer à ce Maître des sphères
    Un besoin si petit !

Et quand cela serait, après tout, que m'importe !
Le droit indestructible est pour moi, je le sens !
Il défend même à Dieu de chercher de la sorte
    Sa gloire à mes dépens!

Dieu ne veut que le bien : votre dogme l'enseigne ;
Pourtant la vie, hélas! n'est qu'un piège infernal !
D'où vient-il ce venin dont tout l'Être s'impreigne
    Et qu'on nomme : le Mal?

D'où vient ce feu subtil qui couve dans nos fibres
L'égoïsme et la haine et l'âpre avidité ?
Vous prétendez pourtant que nos âmes sont libres...
       Étrange liberté !

Le Maître tout-puissant a pétri ma substance ;
C'est Lui qui dans ma chair fait germer les désirs ;
Puis il me fait trouver le dégoût, la souffrance,
       Au fond de mes plaisirs !

Je vous entends, Messieurs : « Par l'effort, par la lutte,
Nous devons tempérer nos penchants trop fougueux ! »
Mais, d'abord, qui m'a fait intelligent ou brute,
       Fils de noble ou de gueux ?

Cet affreux criminel que l'on condamne au bagne,
Est un fils de voleur, petit-fils de forçat ;
Le crime est dans son sang, partout il l'accompagne,
       Il est né scélérat !

Comment peut-il lutter, ô doctes moralistes,
Et comment peut-il fuir l'invisible réseau,
Les innombrables fils des influences tristes
       Qui meuvent son cerveau ?

Voyez, cet autre est jeune et débordant de sève ;
Il rêve seins de neige et lèvres de corail ;
Pour apaiser sa soif de blondes filles d'Ève,
        Il faudrait un sérail !

Son sang a, par moments, les ardeurs de la lave ;
Il veut ces dents de perle et ces yeux de velours ;
Et si la loi s'oppose... il s'en moque et la brave,
        Avant tout ses amours !

Notre intérêt commun nous fait punir la faute ;
Mais le coupable, hélas ! n'est point ce libertin !
Le penseur, en scrutant, voit la cause plus haute,
        Emanant du Destin !

Et si vous disséquez en dernière analyse
La volonté de l'homme en ses plus fiers effets,
Vous trouverez toujours que le sort s'y déguise
        Sous de trompeurs reflets.

Nos yeux, dès le berceau sont deux sources amères :
Le mal y vient déjà nous tenailler les chairs ;
Les plaintes des enfants et les sanglots des mères
        Se croisent dans les airs !

Puis quand l'enfant sur terre a pu prendre racine,
Il sent qu'il doit lutter pour sa part de soleil ;
Tout lui semblait aisé... Pour l'âme fière et fine
    Quel douloureux réveil !

Souvent, pauvre petit que la haine épouvante,
Meurtri par de plus forts, courbé sous l'ouragan,
Il pleure en murmurant la ritournelle lente
    Dont le berçait... maman !

La fleur de nos vingt ans nous vaut bien quelques char-
Et l'espoir nous revient sur l'aile de l'amour ;   [mes !
Mais l'amour est un traître : Il nous cachait ses armes,
    Il nous blesse à son tour !

Conte-moi ton chagrin, vierge aux yeux de pervenche,
Aux traits harmonieux, aux lourdes tresses d'or !
Ton regard est voilé, ton front de lis se penche.
    Ton pas n'a plus d'essor !

Elle aime, et son élu méconnaît sa tendresse ;
Oui, l'ingrat aime ailleurs et boit dans d'autres yeux
Ce trouble triste et doux, cette ineffable ivresse,
    Qui nous transporte aux cieux !

En amour, comme en tout, nous cherchons l'impossible ;
Jamais au cœur aimant ne répond l'être aimé !
Un bien n'est plus un bien dès qu'il est accessible...
        Et... l'on reste affamé !

Ce printemps de nos jours s'enfuit d'un vol rapide ;
L'homme est bientôt repris par l'âpre tourbillon ;
Le foyer veut du pain !!... et l'on se courbe avide
        Chacun sur son sillon !

Le plus triste est ceci : Devoir lutter pour vivre !
S'épuiser en efforts pour... mieux pouvoir souffrir !
Le Destin ne veut pas que l'homme se délivre
        En se laissant mourir !

Ce pain qui nous conserve aux horreurs de la vie,
Nous nous le disputons sans trêve et sans merci ;
On attaque, on repousse, on arrache, on envie,
        L'on s'entr'égorge aussi !

Il faut rendre les coups, se frayer un passage,
Feindre, flatter, ruser, si l'on veut parvenir !
Malheur au cœur loyal dont fléchit le courage,
        Et qui veut s'abstenir !

A la longue... on s'y fait! et bientôt notre joue
Ne saura plus rougir, notre cœur devient dur;
Et nous voyons, hélas! se transformer en boue
          Notre sang le plus pur!

Il est un lieu, pourtant, où l'homme se retrempe,
Où, voyageurs trop las, nous pouvons nous asseoir
Près d'un feu bienfaisant, sous la paisible lampe,
          Pour la halte du soir!

L'épouse active et tendre y préside avec grâce,
Et veille au bien de tous n'oubliant que le sien;
Saluons à genoux ! Ce dévoûment qui passe
          C'est notre ange gardien!

L'aïeule au front d'ivoire, astre sacré qui brille
Du vénérable éclat de ses cheveux d'argent,
Nous parle d'autrefois, versant sur la famille
          Un sourire indulgent!

Enfants, ô blancheurs d'aube, enivrez-nous d'étreintes !
Vos baisers sont si frais, vos petits bras si doux !
Trop savants, nous aimons vos ignorances saintes...
          Grimpez sur nos genoux!

Ce nid fait de rayons, de fleurs et d'innocence
Sera-t-il épargné ?... Non ! ! Dieu ne l'a construit,
Citadelle d'amour et rempart d'espérance,
       Que pour qu'il soit détruit !

Non ! jamais le vautour n'épargna la colombe !
Autant l'homme a d'amours, autant il a de deuils !
Et le chemin qu'il suit du berceau vers la tombe
       Est semé de cercueils !

Respectez, me dit-on, la Loi qui nous gouverne !
Méditez les desseins que Dieu nous révéla ;
Et si tout ici-bas vous heurte et vous consterne
       Regardez au-delà !

C'est là le dernier mot ... l'illusion suprême
Dont l'homme en sa douleur s'est jusqu'ici bercé.
Heureux celui qui croit !... Hélas ! si je blasphème
       Suis-je plus avancé ?

Et pourtant, malgré moi, ma raison se révolte :
J'ai voulu la dompter... je n'ai point réussi ;
C'est en vain qu'on lui dit que là-haut l'on récolte
       Ce que l'on sème ici !

Cet avenir lointain n'a rien qui la séduise.
Peut-il justifier les rigueurs d'ici-bas ?
Est-il bon, après tout, qu'un tel sort nous conduise
        Même après le trépas?

Puis, ce bonheur parfait lui semble une chimère :
Jamais nos appétits ne seront satisfaits ;
Rien n'apaise nos soifs, rien ne nous désaltère
        Dans nos brûlants souhaits !

Être, c'est désirer, c'est espérer, c'est craindre ;
C'est tendre incessamment vers un but qui nous fuit,
Vouloir tout embrasser, ne pouvoir rien étreindre...
        Néant, mieux vaut la nuit!

                    Nanterre, Septembre 1889.

TABLE

———

TABLE · 236

Imp. de la Soc. de Typ. — Noizette, 8, r. Campagne-1ʳᵉ, Paris.